AF273246

Tanz der Puppen

und andere
Katastrophen

Rainer Franke

Tanz der Puppen

und andere
Katastrophen

Mittendrin und Drumherum - 4

Bibliografische Information der
Deutschen Nationalbibliothek:
Die Deutsche Nationalbibliothek verzeichnet diese
Publikation in der Deutschen Nationalbibliografie;
detaillierte bibliografische Daten sind im Internet über
http://dnb.dnb.de abrufbar.

Illustration: Rainer Franke

Herstellung und Verlag: BoD – Books on Demand,
Norderstedt

ISBN: **978-3-8423-6991-7**

Inhaltsverzeichnis

Im Rausch   9

Ist Pink eine Farbe? Kann dieser Kerl mehr als ein Wort sagen? Und wieso rennt der so? Amandas pinker Bikini hat einen Patentverschluss, der ist eine Fehlkonstruktion. Zacharias rennt am „Klapperstorch" vorbei, verliert seine pinken Latschen und gönnt ihr erst im „Hawaii" eine Pause und zwei Pizzen. Ist das ein verrückter Ostseeurlaub! Sonnenschein und Sturm gleichzeitig. Welche Rolle spielt dieser postpubertäre Bengel?

Mühlen der Zeit   25

„Die Strecke wird neu berechnet!", sagt das Navi im Auto und das des Lebens. Mathilde muss sich entscheiden. Ihn einfach alleine weiterfahren zu lassen, wird nicht ausreichen. Eine dicke Suppe, ein verrückter, netter Kerl mit Zopf, ein Lehrer auf der Burg, ... Oder ist Martin die Lösung? Sie lässt sich Zeit mit der Entscheidung, die Strecke wurde neu berechnet.

Kurz oder Die Supernova im Fahrstuhl   53

Liebe auf den ersten Blick? Nein, das war es nicht. Die Zeit von der ersten bis zur neunten Etage im Fahrstuhl reicht Manuel – es dauert heute länger. Sie haben Zeit für eine Supernova, diskutieren ihre Auftritte in den Talkshows dieser Welt und seinen Heiratsantrag. Annemarie ist nicht abgeneigt. Sie macht sich große Sorgen, warnt ihn, dass sie schreien wird, damit er nicht erschrickt. Sie möchte in seinen Armen sterben, so jung wie sie sind. Nach der Rettung haben sie es eilig.

Vorwort

Die Kurzgeschichten in diesem inzwischen vierten Band der Reihe „Mittendrin und Drumherum" sind bunt gemischt und bieten für jeden Geschmack etwas. Liebesgeschichten treffen auf Krimis und umgekehrt. Doch irgendwie scheinen Kriminalgeschichten die Oberhand gewonnen zu haben. Selbst in reinen Liebesangelegenheiten, wie beispielsweise in „Der Rausch" oder „Mühlen der Zeit" kommt das Wort „abmurksen" vor. Keine Angst, in diesen beiden Geschichten gibt es keine Toten, auch wenn die Protagonistin ihren Liebhaber am liebsten … Es sind eher konfliktgeladene Liebesgeschichten.

Ein echtes Problem hat der Erzähler in „Kenne ich den?". „Abmurksen" ist für ihn auch eine denkbare Option. Er möchte es besonders wirkungsvoll, so richtig grausam mit meterweit spritzendem Blut und lautstark berstenden Knochen erledigen. Trotzdem hofft er auf mildernde Umstände, darauf die Notwehr-Karte ziehen zu können. Ihm kommt dann eine bessere Idee, eine die den Gegenüber durch die Arme seiner Angebeteten hinscheiden lässt. Doch schließlich empfindet er so etwas wie Mitleid und alle überleben.

Es gibt echte und unechte Mordopfer. Im „Tanz der Puppen" werden gleich mehrere Leichen und Leichenteile gefunden. Der geständige Täter hat nur das Problem, das Ganze seiner Freundin zu erklären. Für eine Anklage ist der Tatvorwurf zu schwach, zumal es keinen Kläger gibt. Das ist alles sehr mysteriös. Schließlich empfindet man dieses Gemetzel sogar noch als Glücksumstand.

Mehrere der Erzählungen spielen an wunderschönen Thüringer Schauplätzen. In Erfurt kommt es in der Geschichte „Kenne ich den?" zu einem ungewollten Zusammentreffen mit einem Monster. Die Burgen „Drei Gleichen", an der Autobahn A4 zwischen Erfurt und Gotha gelegen, spielen in der Geschichte „Mühlen der Zeit" eine große Rolle. Und das Kloster Donndorf im Nordthüringer Kyffhäuserkreis, ist Ort der Begegnung mit Menschen, die eine ganz besondere Leidenschaften ausleben: Hungern bis zum Abwinken. Ein wahrer „Tanz der Puppen" findet hier statt.

Kann man sich in einem Aufzug verlieben, geht das so schnell? In „Kurz oder die Supernova im Fahrstuhl" dauert die Liebe auf dem ersten Blick von der ersten bis zur vierten Etage. Sicherheitshalber platziert er seine müffelnden Füße etwas Abseits ihrer Nase. Doch das mit der Supernova wird er wahrscheinlich nie kapieren. Für die Liebeserklärung lässt sich der Protagonist jedenfalls Zeit bis in die zehnte Talkshow, in die er hofft, eingeladen zu werden.

Der Autor wünscht viel Spaß beim Lesen!

Im Rausch

Pinker Bikini, pinke Badelatschen, pinke Sonnenbrille. So laufen Amanda und Zacharias los.

Ist Pink eine Farbe? Es ist eher ein Zustand: Verrücktheit gepaart mit zeitweiser Unzurechnungsfähigkeit. Die Folgen haben auch etwas Pinkes, obwohl sie ganz anders daherkommen.

Völlig unauffällig, hinter der pinken Sonnenbrille versteckt, mit einem pinken Basecap auf dem Kopf, läuft Zacharias den Weg auf dem Deich entlang. Mit raumgreifenden Schritten legt er ein ordentliches Tempo vor. Die pinken Badelatschen geben bei jedem Schritte einen platschenden Laut von sich. jeder Latsch platscht seinen eigenen Ton. Linkerhand von Zacharias, hinter der sandigen Düne, auf der krüppelige Kiefern dem Wind trotzen, liegt die Ostsee. Sie brüllt, windgepeitscht, spielt die Bassgeige in diesem Konzert. Die Luft schmeckt salzig, nicht unangenehm. Gnadenlos knallt die Sonne von oben herab. Hitze und Sturm, eine Mischung, die sich gleichzeitig angenehm und unbehaglich anfühlt. Der Weg gleicht einer unendlich langen Schlange aus Asphalt.

Amanda lässt ihren Zacharias mindestens zehn Schritte vorweggehen. Nein, mit diesem verrückten Kerl möchte sie sich nicht Hand in Hand sehen lassen. Vielleicht macht irgendein übereifriger Urlauber ein Foto und postet es im Internet. Dann sieht es die ganze Welt und sie kann nichts dafür, kann sich weder wehren noch rechtfertigen. Außerdem hält sie mit Zacharias Tempo kaum mit, hofft, ihn auf diese Weise ein wenig zu bremsen. Der lässt sich nicht zu zügeln. Er läuft, wie im Rausch.

Gegen den Seitenwind anlaufen, ist anstrengend. Ständig droht Amanda, von der Deichkrone geweht zu werden. Ihre Augen beginnen, zu tränen, die Mascara verläuft. Die Haare wedeln in alle Richtungen, Frisur kann man das nicht nennen.

„Ich sehe aus, wie ein betrunkener Windhund!", denkt Amanda und hetzt Zacharias einfach nur hinterher. Ihre Stimmung liegt unterm Gefrierpunkt, mitten im Hochsommer.

„Wo rennt er nur hin?" Er hat lediglich gesagt, „Komm!" Das ist mal wieder typisch für ihn.

„Da kann ich reden, wie ich will - der Kerl bringt genau ein Wort über die Lippen, ein einziges Wort - Männer!" Zacharias läuft so schnell, dass Amanda kaum hinterherkommt.

„Der hat Hunger!", steht für Amanda fest. Weshalb sollte er sonst so rennen?

Nach einer Stunde steuert Zacharias zielgerichtet auf einen Kiosk zu.

„Endlich am Ziel!", jubiliert Amanda.

„Pause!" Damit zerstört Zacharias alle Hoffnungen. Sie wird sich ein Eis und eine Limo zu kaufen, am liebsten eine mit Kirschgeschmack.

„Kirschgeschmack ist der Renner der Saison!", hat ihre beste Freundin Katharina neulich gesagt. Katharina muss das wissen, die weiß immer alles. Außerdem ist sie die beste Freundin, eine von fünfen, mindestens.

Kaum hält Amanda ein Schokoeis in der Hand, geht die Jagd weiter. Kirschgeschmack war hier nie im Angebot und nach Eis mit künstlichem Erdbeeraroma steht Amanda nicht der Sinn.

„Renn doch nicht so! Ich habe Urlaub. Wenn du joggen möchtest, wetz, wohin du willst. Ich lege mich derweil in die Sonne!"

„Komm!", schallt es von Zacharias zurück und prompt kleckert Amanda ihr Eis auf das neue Top. Sie ärgert sich. Schokoeis auf weißem Top steht ihr nicht. Das passt eher zu Zacharias, der bekleckert sich dauernd. Der bräuchte bei jeder Mahlzeit ein Lätzchen umgebunden. Der Kerl scheint gut in Form zu sein. Amanda spürt nicht den Hauch eines Hechelns bei ihm. Das ist auch kein Wunder, schließlich rennt er dreimal wöchentlich zum Training: Kickboxen oder so etwas, wo man sich tellergroße blaue Flecken holt. Neulich hatte Zacharias auch mal einen, weil er beim Herumalbern nach dem Sport im Umkleideraum an die Türklinke knallte. Ein blauer Fleck, dessen Farbe Ladehemmungen hatte, der kaum zu sehen war. Einer, der durch eine gute Lupe betrachtet, nicht einmal einen Zentimeter maß, einen kleinen Zentimeter allerdings. Dafür hat Zacharias gejammert, als liege er auf der Schlachtbank. Ausgleich muss sein. Die Welt ist ungerecht, bei Amanda wäre der Flatschen bestimmt einen Quadratmeter groß, würde sich dreimal um sie herumwickeln, leuchten wie ein Feuerwerk und sie verliert kein Wort. Es ist alles pure Gewohnheit.

Kaum sind sie weitergetrabt, die pappige Eistüte wird zu Futter für tausend gierige Möwen, erblickt Amanda eine Regenwolke am Himmel.

„Petrus, rette mich! Lass Regen von oben fallen, viel Regen, ein Gewitter am besten!" Doch sie hat sich verrechnet. Die Wolke schämt sich so, dass sie sich spontan auflöst. Die Sonne knallt nun und für den Rest des Tages volle Kanne auf die Menschheit herunter, zumindest hier am Ostseestrand. Von so einem kleinen Sturm in halber Orkanstärke lässt sie sich nicht beeindrucken.

Amanda ist sauer. Amanda hat Ferien. Sie wollte sich möglichst wenig bewegen, außer im Ostseewasser. Aber wenn sie mit diesem verrückten Kerl in Urlaub fährt, hat sie keine Chance, ihren Vorsatz in die Tat umzusetzen. Der macht doch, was er will. Und sie muss drauf achten, dass er es nicht übertreibt, dass er keine Dummheiten macht, dass ihm nichts zustößt.

„Komm!", hat er gesagt, trabt, mit dem pinken Basecap auf seiner Birne voran. Amanda folgt in wohlberechnetem Sicherheitsabstand, achtet tunlich darauf, dass der Abstand nicht schmilzt.

„Sollte ich einfach stehenbleiben? Zacharias merkt das garantiert erst in zehn Kilometern, wenn überhaupt." Genau in diesem Moment dreht sich Zacharias um, schaut sie an, so als wolle er sagen:

„Hopp, hopp!" Natürlich sagt Zacharias nichts. Er weiß, dass Amanda ihn auch ohne Worte versteht. Worte vergeudet man nicht!

„Und so etwas ist ein Freund, Lebensgefährte, Lover, Liebhaber, …!"

Baden wäre angenehm. Bei diesem Wind ist das vielleicht doch nicht so gut. Da hinten am Rettungsturm ist die rote Fahne gehisst. Dreißig Grad im Schatten und Sturm, das soll ein Traumurlaub sein? Den sollte man zurückgeben, reklamieren, eine Million Euro Schadenersatz fordern. In Amerika hätte sie längst Klage eingereicht. Sie ist an der Ostsee …

Endlich gönnt sich Zacharias eine Pause. Ohne Ankündigung bleibt er stehen. Amanda ist in Gedanken, schimpft die ganze Zeit auf ihren Freund, rennt ihn beinahe um. Zacharias setzt sich auf eine Bank.

„Setz dich!" Das sind zwei Worte, die Zacharias hintereinander, ohne zwischendurch Luft zu holen oder einzuschlafen, aufsagt.

Fünf Minuten Erholung gönnt er seiner Freundin, die befürchtet, dass er jeden Moment aufspringt und weiter rennt. Endlich ist sie zu Atem gekommen.

„Das ist meine Chance, jetzt oder nie!", denkt Amanda, „Jetzt frage ich ihn." Zögerlich beginnt sie:

„Was meinst du? Sollten wir nicht mal wieder in ein Konzert gehen? Im Kurhaus spielt heute Abend die Band ‚Peter und Paul' oder so ähnlich. Ich weiß nicht mehr, wann wir beide das letzte Mal zum Tanz waren."

„Vor drei Wochen und vier Tagen!", antwortet Zacharias, ohne nachdenken zu müssen. Amanda ist irritiert, erinnert sich an ihren jüngsten Discobesuch, kann aber nicht sagen, wie lange der her ist: Drei oder sogar schon vier Wochen?

„Da wird es Zeit, dass wir mal wieder ausgehen."

„Ja …"

Amanda strahlt wie ein Honigkuchen, wie ein Blechkuchen mit ganz viel süßem Honig. Ohne dass sie Zacharias zu Ende sprechen lässt, entgegnet sie:

„Lass uns umkehren, wir müssen uns vorher im Hotel noch zurechtmachen. So wie ich schwitze, kann ich mich nicht unter Menschen wagen." Amanda wittert Morgenluft.

„Ja", setzt Zacharias erneut an, „Ja, es wird mal wieder Zeit, Tanzen zu gehen. Diese beiden Nulpen spielen alle paar Tage im Kurhaus, haben wohl ein Abo abgeschlossen."

„Nulpen?" Amanda ist enttäuscht.

„Komm!" Schon wieder dieses eine Wort. Es mutiert zu ihrem persönlichen „Unwort des Jahres".

Amanda ist wütend. Sie ist sauer, würde ihn am liebsten hier sitzen lassen. Abmurksen wäre ebenfalls eine Möglichkeit. Doch sie kann kein Blut sehen und dann ist er tot, ihr Freund, das geht natürlich nicht. Ihn aber hier sitzen lassen, alleine heimgehen, macht keinen Spaß. Und sitzenlassen funktioniert sowieso nicht, denn Zacharias ist ja gerade aufgestanden, richtet die pinke Brille, greift nach dem pinken Basecap und läuft los. Dabei wischt er sich mit einem nicht ganz pinken Taschentuch einen klitzekleinen Schweißtropfen von der Stirn. Schon ist er 50 Meter voraus. Fassungslos springt Amanda auf und rennt hinterher. Fast zehn Minuten benötigt sie, um den Abstand zwischen ihnen auf ein erträgliches Maß zu reduzieren.

„Klapperstorch" steht an einer Bude unterhalb des Deichs. Der „Klapperstorch" ist ein vornehmes Restaurant, war früher mal eine Geburtsklinik. Der Geburtenrückgang veranlasste den Chefarzt, umzuschulen. Schwester Erna steht seitdem am Tresen, füllt die Gläser mit Bier oder Limonade. Im Kreißsaal sitzen jetzt die Gäste, schnabulieren Zwillingswürste, Drillinge mit Quark und zum Nachtisch die legendäre Nachg..., Waldmeisterpudding mit Kirschsoße. Zu trinken gibt es Fruchtwasser, wahlweise in den Geschmacksrichtungen Kirsch, Erdbeere und Waldmeister. Der „Klapperstorch" ist ein Geheimtipp. Jeder der in dieser Gegend Urlaub macht, muss einmal hiergewesen sein.

Amanda ist das egal, sie hat Hunger und wenn sie hungrig ist, zieht sie selbst die schlimmste Kaschemme magisch an.

„Warte mal!", ruft sie schnaufend und hofft, dass Zacharias stehenbleibt. Der geht weiter. Enttäuscht, ausgehungert, durstig und wütend folgt Amanda.

„Wie kann man mit solch verrückten, pinken Badelatschen so schnell laufen?", wundert sich Amanda zum hundertsten Male. Im selben Moment fliegt Zacharias linker Latsch in hohem Bogen weg. Die Schnalle, die pinke Schnalle, hat der Belastung des Marsches nicht standgehalten. Wütend lässt Zacharias den rechten Schlappen hinterherfliegen. Beide zieren nun die Landschaft, eine vertrocknete Hecke direkt neben dem Weg am Deich. Die Badelatschen sehen aus wie pinke Sommerblumen, selbst die Sohlen sind pink, dreckig pink.

„Wo ist der Kerl nur hineingetreten?", wundert sich Amanda, während Zacharias barfuß weiterläuft, dabei einen geschickten Hüpfer über einen recht frischen Hundeschiss absolviert. Zum Glück, denn Amanda wäre garantiert hineingelatscht. Sie ist seine Glücksfee. Sie müsste es ihm mal wieder sagen. Der Kerl vergisst so schnell.

Amanda ist wütend auf diesen Knaben. Badengehen, wäre nicht schlecht, trotz Sturm. Amanda sehnt sich nach einer Abkühlung. Außerdem möchte sie der Welt, der Menschheit ihren neuen, ihren pinken Bikini vorführen. Wozu sonst hat sie ein halbes, nein, ein dreiviertel bis ganzes Vermögen in diese zwei Quadratmillimeter pinken Stoff mit Schnüren investiert. Beide Teile haben noch dazu so ein unglaublich geniales Verschlusssystem, eines das bestimmt patentiert ist. Einfach „Schnipps" und der Verschluss ist zu. Man muss nur leicht drauf drücken. Das Öffnen scheint noch nicht patentwürdig zu sein. Da heißt es fummeln. Dafür ist Zacharias zuständig. Schließlich ist der Ingenieur und hat gewisse Interessen.

„Bleib endlich stehen!", schreit Amanda diesem verrückten Kerl hinterher, „Ich habe Hunger!"

„Komm!", antwortet Zacharias scheinbar emotionslos. Dann ergänzt er:

„In einer halben Stunde sind wir am ‚Hawaii', da kannst du Pizza essen, so viel du schaffst. Ruf doch mal an und sag denen, die sollen den Pizzaofen ordentlich vorheizen."

„Oh, das waren zwanzig Worte, mindestens. Muss ich mich um ihn sorgen?" Nein, sie sorgt sich um sich selbst, ihre Kondition, ihre Beine, die Füße, ihr …, ihr alles. Komischerweise zwickt die linke Pobacke, ausgerechnet die linke, nicht die rechte. Ist das normal? Noch eine halbe Stunde in solchem Tempo durch die Landschaft hetzen, dazu hat Amanda wenig Lust. Doch was bleibt ihr übrig? Dieser Gedanke geht ihr nicht mehr aus dem Kopf.

„Land-schaft-het-zen, Land-schaft-het-zen, …", tönt es fortwährend durch ihr Gehirn, dröhnt es im Rhythmus ihrer Schritte.

Amanda muss hinterher, kann den Kerl nicht alleine lassen, der scheint in irgendeinem ganz schlimmen Rausch zu sein.

„Mist, verdammter!", denkt sie zur Abwechslung. Die Strippen ihres Bikinis, des Oberteils, sind aufgegangen. Dieser dämliche Verschluss ist purer Fusch. Hätte sie das geahnt, würde sie jetzt nicht dieses pinke Teil tragen. Es geht ihr sowieso aufs Gemüt, dass Zacharias als Antwort auf die Frage, wie ihm der neue Bikini gefällt, in den nächsten Ramschladen rannte und sich ein Dutzend pinke Klamotten gekauft hat. Die haben zusammen nicht einmal halb soviel gekostet, wie dieser pinke Bikini mit dem verrückten Schloss. Pink ist ihre persönliche Modefarbe der Saison – obwohl offiziell Türkis angesagt ist. Amanda stellt sich vor, wie sie sich am Strand fühlen würde, wenn die Schnalle vom Bikini einfach so aufgeht. Das Teil wäre womöglich weit fortgeflogen. Wie soll man zwei Quadratmillimeter pinken Stoff mit Strippen und kaputtem Verschluss finden, vor allem, wenn alle Kerle gierig gaffen.

„Nein, das stelle ich mir lieber nicht vor!", beschließt sie. Eine böse Ahnung breitet sich in ihrem Gehirn aus. Das Unterteil, knappe drei Komma fünf Quadratmillimeter groß, pink und mit derselben Sorte Sicherheitsverschluss … Weiter wagt sie nicht, zu denken, sicherheitshalber.

Jetzt baumelt das Teil, das Oberteil vom Bikini, von ihrem pinken Bikini, unter dem T-Shirt, das zum Glück im Bund ihres heißen, also wettergerechten, Höschens klemmt. Amanda ist wütend, wütend auf Zacharias, der inzwischen seinen Vorsprung deutlich ausgebaut hat, wütend auf die Hersteller solcher Schundverschlüsse, wütend auf pinke Bikinis im Allgemeinen und überhaupt.

„Er sieht wirklich schrecklich aus, dieser pinke Sichtschutz unter meinem hellen Top mit dem Regenbogen auf dem Bauch. Der scheint total durch." Mit geschickten Fingern fädelt sie das Teil aus den Tiefen ihres Tops hervor und verstaut es in der linken Hosentasche. Jetzt strahlt etwas anderes unter dem Top durch. Aber bei diesem Affenzahn, mit dem sie unterwegs ist, hat niemand die Chance, Details wahrzunehmen.

„Na hoffentlich!" Sie rennt ein Stück, um den Anschluss an Zacharias wiederzugewinnen. Ein BH wäre praktisch. Zum Glück heißt sie Amanda, ein doofer Name, aber besser als Dolly B.

Weiter geht es. Der Kerl hat vielleicht eine Ausdauer. Und weshalb heißt der auch „Zacharias"? Wer hat ihm solch einen verrückten Namen gegeben? Das Unglaublichste ist ja, dass der auf diesen Vornamen stolz ist. Amanda findet ihren Vornamen auch nicht besonders toll. Der klingt irgendwie alt, behäbig und ausländisch. Aber „Zacharias"? Der hört sich mächtig ausgefallen an. Und nur weil er Zacharias heißt, ist er ihr auch aufgefallen, hat sie sich in ihn verknallt, ganz langsam in null Komma nichts, sagen wir mal, in einer halben zehntel Millisekunde?

„Wow! Ist der süß!", stand schlagartig fest, als sie den Kerl mit diesem verrückten Namen sah. Und der behauptet jetzt natürlich, er hätte sich in sie verguckt, weil sie solch einen süßen Vornamen hat. Der ist überhaupt nicht süß!

„Männer haben eben keine Ahnung!"

„Wie lange sind wir nun schon unterwegs?", überlegt Amanda, „Bestimmt über zwei Stunden. Oder sind es bereits drei? Wenn diese verdammte Pizzabude nicht gleich kommt, trete ich in den Streik, wie dazumal die Piloten, Lokführer oder die Post." Sie erinnert sich, dass der Brief an ihre Freundin in Paris sieben Wochen lang unterwegs war. Sicher musste der wegen des Pilotenstreiks nach Paris getragen werden und dann fand er den Briefkasten nicht, weil die deutschen Postboten mehr Lohn haben wollten. Der Geburtstagsbrief wäre fast als Glückwunsch für das nächstjährige Fest der Freundin durchgegangen.

Es ist gut, so etwas zu denken. Wenigstens erfüllen diese Streiks noch einen erfreulichen Zweck, denn solche Gedanken lenken von den Qualen dieses Marathonlaufs ab. Oder ist es ein Doppel-, vielleich gar Dreifachmarathonlauf? Es kommt ihr vor wie ein unendlich langer Marsch, wie damals bei den Chinesen. Aber die hatten ein anderes Ziel. Die wollten einen kommunistischen Heldenmythos schaffen. Niemand wird sich an Amandas Heldentaten erinnern, kein Mensch nimmt sie wahr, nicht einmal Zacharias!

Zacharias bleibt stehen.

„Das hat etwas zu bedeuten!", steht für Amanda augenblicklich fest. Sie sieht, dass an seinem linken großen Onkel Blut ist, nicht viel, aber immerhin. Hat er sich gestoßen, ist er in eine Scherbe getreten? Gleich beginnt er zu jammern, steht für Amanda fest. Er hat es wohl noch gar nicht bemerkt. Oder spielt er den Helden?

„Das ist mal wieder typisch für ihn!" Stattdessen kramt er in der Hosentasche und reicht der Freundin einen in bunte Folie eingepackten Schokoladenkeks. Der erweckt den Anschein, bei seiner Konfirmation, übrig geblieben zu sein. Die Verpackung ist zerdrückt, der Inhalt hat sich bestimmt verflüssigt. Schokolade bei dreißig Grad im Schatten, in der Hosentasche eines Verrückten, eines Marathonläufers, kennt garantiert nur eine Erscheinungsform: flüssig. Oder ist die Schokolade bereits verdampft? Doch man nimmt, was kommt, besonders in solch einer Situation. Es könnte ja ihr letzter Happen sein, die Henkersmahlzeit sozusagen.

„Ja, Zacharias hat so etwas von einem Scharfrichter." Sein Blick ist beim Laufen immer scharf auf das Ziel gerichtet. Welches Ziel überhaupt? Vielleicht kommt es nicht ganz so schlimm, vielleicht muss sie nun doch nicht verhungern, vielleicht erreicht sie dank dieses winzigen Happens wenigstens den Zielort, notfalls auf allen Vieren kriechend. Sie hatte schon befürchtet, als ausgelaugte Sommermumie hier am Meeresstrand zu enden. Quasi als Ötzeline vom Ostseestrand. Zacharias marschiert längst weiter.

„Ist denn der Weg auf dem Deich niemals zu Ende? Oder geht der ringsherum um die ganze Ostsee? Und dann kommt Runde zwei!"

„Oh Gott! Wir müssen ja wieder retour in unser Hotel!", schallt es in diesem Moment durch Amandas Kopf und sie wird prompt langsamer. Augenblicklich werden die Schritte kleiner, verlässt sie ihr Lebensmut. Motivation? Totale Nullnummer.

„Möchtest du hier warten, bis ich zurück bin?"

„Gemeiner Kerl!", schreit Amanda. Es ist ein Schrei der Hoffnungslosigkeit.

„Bis dann! Bin in zwei Stunden wieder hier."

„Zwei Stunden?"

„Zwei Pizzen futtern, das dauert. Und ein Fläschlein Wein dazu …"

„Zwei Pizzen? Verfressener Kerl!"

„Na, deine und meine Pizza!"

„Du spinnst wohl! Wag dir ja nicht, dich an meiner Pizza zu vergreifen!" Schlagartig werden Amandas Schritte schneller. Trotzdem bleibt immer ein Abstand zu Zacharias.

Das Wort „Taxi", schwingt sich auf einmal durch ihren Kopf, gibt ihr Kraft.

„Geniale Idee! Darauf kommt so ein Kerl natürlich nie." Sie beschließt, diesen wunderbaren Gedanken für sich zu behalten.

„Ich fahre einfach mit dem Taxi heim, gemütlich an ihm vorüber, winke ihm gönnerhaft zu, so wie die brittische Königin, wenn sie zu einem Pferderennen unterwegs ist und ihre Untertanen trifft. Anschließend lege ich mich im Hotel in die Badewanne. Mist! Unser Zimmer hat nur eine Dusche. Dann haue ich mich eben in mein Bett. Zacharias braucht bestimmt vier Stunden, bis er endlich zurück ist. Der Mann kommt auf Krücken gehumpelt, wenn nicht gar auf Knien angekrochen." Amanda freut sich hämisch und hält locker mit ihm Schritt.

* * *

Endlich sitzen sie in der Pizzeria. Amanda fällt ganz plötzlich ein, etwas Wichtiges, etwas Unaufschiebbares erledigen zu müssen. Selbst der Hunger hat in die zweite Reihe zurückzutreten. Anschließend wählt sie ihre sehnsüchtig erwartete Pizza in der meterlangen Speisekarte aus.

„Wo bleibt die Bedienung?"

Zacharias lehnt sich in den Korbsessel zurück. In seinem Gesicht steht so ein komisches Strahlen. Amanda ist irgendwie irritiert. Er schaut ihr nicht in die Augen, er blickt …

„Mist, der pinke Bikini, der schlummert in der Hosentasche. Na gut, Zacharias darf gucken. Aber die anderen Leute hier …" Amanda sieht sich um. Sie sitzen strategisch betrachtet günstig, günstig für die vielen Pizzafresser hier auf dieser Terrasse. Am Nebentisch, genau in Blickrichtung auf sie, sitzt so ein junger Kerl, postpubertierend, vom Alter her. Der schaut krampfhaft auf sein Bierglas. Zur Feier des Tages haben ihm Mama und Papa gestattet ein Bier, natürlich nur ein Radler, zu trinken. Er schielt immer mal kurz zu Amanda herüber, peilt die Lage, ob sie noch zu ihm herüberschaut. Schaut sie kurz weg, nutzt er den Moment gnadenlos aus.

„Sollte ich mit Zacharias den Platz tauschen?", überlegt sie. Allerdings sitzen am Tisch schräg hinter ihr, also in Blickrichtung auf Zacharias, zwei ältere Ehepaare. Vielleicht sind die auf Hochzeitsreise, die

Reise zu ihrer Goldenen. Und die zwei Herren, mit Anzug und Krawatte, einer gar mit goldenem Halskettchen ... Wie der schon herüberschaut ...

„Nein, dann lieber dieser unreife Bengel", beschließt Amanda, „Der hat das Leben vor sich, der muss noch was lernen, für den hat der Anblick den Reiz des Neuen, des unerforschten Terrains." Sie spürt in sich so etwas wie einen Bildungsauftrag. Schließlich hat sie mal zwei Semester lang Sozialpädagogik studiert.

„Hoffentlich verschluckt sich der Junge nicht an seinem Radler! Und wie sitzt der denn da: Die Hände tief in die Hosentaschen vergraben!" Spontan beschließt Amanda, die Sicherheitsverschlussindustrie zu hassen. Knoten in den Bikinistrippen sind jedenfalls wesentlich zuverlässiger als neumodische Patentverschlüsse.

„Was passiert jetzt? Dieser Kerl ist wirklich verrückt. Musste ich mich ausgerechnet in den verlieben! Jetzt ist es zu spät." Zacharias zerrt so ein komisches Ding aus seiner Hose. Er schaut es zufrieden an, streicht mehrmals drüber. Nein! Was der Leser möglicherweise denkt, ist es nicht. Zacharias drückt auf einen Knopf auf der Vorderseite.

„14.498", sagt er irgendwie beglückt, „14.498 Schritte sind wir gegangen. Ich wusste, dass ich die Zehntausender Schallmauer heute ganz lässig knacke." Befriedigt schiebt er den Schrittzähler wieder in die Hosentasche.

Amanda ist sprachlos. „Vierzehntausend-wieviel Schritte sind wir getrabt?", denkt sie überwältigt.

„Und deine verdammten vierzehntausend Schritte müssen wir auch zurücklaufen?", keift sie Zacharias an. Ihr wird bei dem Gedanken daran schlecht.

„Hast du eine bessere Idee?"

„Nein - Du?"

„Es gibt drei Möglichkeiten."

„Sag!"

„Erstens, wir laufen durch den Wald zurück. Den Weg, den wir vorgestern schon einmal geradelt sind. Der ist wenigstens schattig."

„Der ist noch weiter."

„Vier Kilometer, schätzungsweise."

„Zweitens?"

„Zweitens können wir denselben Weg, den wir gekommen sind, zurücklaufen."

„Entfällt. Drittens?"

„Schau mal da drüben auf der anderen Seite der Straße!"

„Da ist nur eine Bu…, eine Bushaltestelle! Okay, ich schaffe zwei Pizzen! Du darfst mich zur Belohnung einladen, mein Schatz. Schließlich hast du die Zwanzigtausender, fast die Dreißigtausender Marke geschafft."

„Übertreib nicht, es waren nur etwas mehr als vierzehntausend Schritte!"

„Ich hatte achtzehntausend siebenhundert. Ich bin ja elf Zentimeter kleiner als du. Meine Schritte kannst du ruhig zu deinen dazuzählen. Dann kommst du irgendwo bei dreizigtausend an." Das Studium der Speisekarte geht schnell. Der Hunger, die Erschöpfung sind ein perfektes Triebmittel. Die Bedienung steht schon am Tisch, ein kleiner dicker Italiener, zumindest gibt er sich als solcher aus. Und der kann seinen Blick einfach nicht vom Amanda lösen. Während sie auf die Speisen warten, bringt er die Bestecks, ein paar lasche Toastbrote, etwas zum Draufschmieren, alle Getränke einzeln. Amanda ist klar, weshalb er jede Gelegenheit, an ihren Tisch zu kommen, ausnutzt.

„Mistkerl!"

Amanda verschlingt ihre beiden Pizzen wie im Rausch. Eine große Apfelschorle kippt sie einfach hinter. Und der Wein schmeckt in diesem Moment fantastisch.

„Hilf mir mal, das letzte Stück von der Pizza schaffe ich nicht mehr."

* * *

„Komm!", sagt Amanda. Sie befürchtet, dass sie den Bus verpassen könnten. Lieber sitzt sie noch eine Stunde im Wartehäuschen, als zurückrennen zu müssen. Außerdem spürt sie ein Drücken im Bauch, eines das von knapp zwei Pizzen erzählt. Und die eiskalte Apfelschorle hätte sie besser nicht in einem Zug hinterschütten sollen. Wenigstens lenkt dieses Rumoren in den Gedärmen von den Kopfschmerzen ab. Eine halbe Flasche Wein an solch einem heißen Tag … Sie fühlt sich wie im Rausch.

„An allem ist nur Zacharias schuld!", steht für Amanda fest. Die pinke Sonnenbrille und erst recht dieser pinke Deckel auf seinem Kopf stehen ihm überhaupt nicht!

Mühlen der Zeit

Manche Entscheidungen sind hart, diese eine ganz besonders! Und es gibt Orte, die brauchst du auf der Welt nicht. Da kommst du an, obwohl du nie dorthin wolltest. Dann merkst du: Du wirst wiederkommen.

Es ist immer dasselbe. Vor beinahe einem Jahr hat Thorsten die Karten besorgt. Dieses Konzert in der Dresdner Frauenkirche wollten sie unbedingt gemeinsam erleben. Und nebenbei könnte man in die Gemäldegalerie gehen. Mathilde möchte die berühmte Madonna unter allen Umständen sehen. Alleine ihretwegen wäre sie in die sächsische Stadt gefahren. Nun haben sie auch noch Tickets für das Grüne Gewölbe reserviert.

„Ein strammes Programm!", sagt Thorsten und meint „Das schaffen wir schon!" Er sprach dann von Ausruhen im Büro, am Montag drauf. Mathilde setzt lieber auf einen freien Tag nach diesem anstrengenden Wochenende. Sie hat viele Überstunden angesammelt.

Beinahe wären die Pläne gescheitert. Ins Wanken sind sie jedenfalls geraten.

„Du hattest versprochen, dich um das Hotelzimmer zu kümmern", mahnte Mathilde das eine um das andere Mal. Außer einem „Ja, ja!", bekam sie keine Antwort. Erst das gnadenlose Ultimatum

„Na, dann fahren wir eben zu meiner Mutter. Ihr Gästezimmer ist immer für uns frei! Die Madonna läuft nicht weg. Schade um die Konzertkarten." Das war eine echte Drohung. Thorsten merkte, dass mit seiner Gefährtin nicht zu spaßen ist. Es veranlasste ihn, endlich aktiv zu werden. So kurzfristig war es nicht leicht. Doch irgendwie schaffte er es, in einem halbwegs zentralgelegenen Hotel ein bezahlbares Zimmer zu ergattern.

Sie wollten früh losfahren. Mathilde kramte bis spät abends im Kleiderschrank, konnte sich nur schwer entscheiden, was sie einpacken sollte. Das Wetter - es könnte ja - oder ganz anders sein. Sie musste alles bedenken. Endlich war es vollbracht. Auch das Weckerstellen vergaß sie nicht. Es wäre nicht das erste Mal gewesen. Und pünktlich wollte Thorsten mit seinem Auto vor ihrer Tür stehen.

Ja, pünktlich ist er, sogar fünf Minuten vor der Zeit. Laut hupend kündigt er sich an.

„Typisch!", denkt Mathilde, „Der weckt die ganze Nachbarschaft auf und dann meckert die Schulze aus dem Parterre wieder mit mir. Wenn die Thorsten erblickt, sieht die rot. Wieso kann sie ihn nicht leiden?" Schließlich hat Thorsten noch zweimal gehupt, im Zehnminutenabstand. Mathilde schleppt den Koffer fast pünktlich die drei Treppen hinunter. Für ihre Verhältnisse halbwegs pünktlich.

„Hättest ja mal Tragen helfen können!", sagt sie statt einer Begrüßung und Thorsten weiß sofort, dass sie schlecht gelaunt ist.

„Hast du Steine eingepackt? Wir sind nur drei Tage unterwegs." Das Letzte hört sie schon nicht mehr. Sie ist wieder auf dem Weg nach oben. Vor so einer langen Autofahrt ist es besser, noch einmal aufs Klo zu rennen. Und ihr Rucksack, die Reisetasche und die Handtasche sowieso müssen auch geholt und verstaut werden. Thorsten sagt nichts, als er die Bagage sieht und auf die Rückbank stapelt. Die Klappe vom Kofferraum geht nur mit Mühe zu.

„Lass mich fahren. Jetzt ist noch nicht so viel Verkehr. Und außerdem rast du immer so." Diesmal überhört er die letzte Bemerkung großzügig. Die Aussicht, gleich eine Runde die Augen schließen zu können, versöhnt Thorsten etwas. Allerdings glaubt er nicht, dass Freitagmorgen im Berufsverkehr auf den Straßen wenig los ist. Er schaltet das Radio an, damit sie den Verkehrsfunk nicht verpassen.

„Mach lieber mal das Navi an. Sonst finde ich den Weg nicht."

„Dresden kann man doch nicht übersehen. Bis dahin wirst du es schaffen. In der Innenstadt - meinetwegen." Mathilde schwenkt beinahe in die Autobahnauffahrt nach Süden ein. Jetzt programmiert Thorsten kopfschüttelnd das Navigationsgerät.

Es sind viele Autos unterwegs, mehrfach ist kilometerlang Stop-and-go. Mathilde ärgert sich, weniger wegen des dichten Verkehrs, als über Thorsten. Statt zu pennen, worüber sie sich auch geärgert hätte, beäugt er jede ihrer Handlungen. Mathilde spürt seine kritischen Blicke. Jeden Moment erwartet sie, dass er sie ans Hochschalten, Blinker Ausschalten oder Gasgeben erinnert. Oder er brüllt

„Überhol den doch endlich!" Thorsten sagt nichts. Es ist ungewiss, was schlimmer ist. Mehrfach, als die Kolonne plötzlich bremst, verkrallt er sich regelrecht in seinen Sitz. Mathilde ist sauer, sie ist wütend. Sie überlegt, auf einen Parkplatz zu fahren, einen Moment Pause zu machen. Sicher wird Thorsten dann das Steuer übernehmen, gönnerhaft sagen:

„Lass mich mal." Nein, das möchte sie nicht. Sie kann das. Sie quält sich. Die Zeit arbeitet für sie.

„Die müssen doch alle irgendwann einmal auf Arbeit sein!", hofft sie. Tatsächlich geht es nun etwas flüssiger vorwärts. Wenn nur diese ewig lange Schlange der Laster nicht wäre.

„Müssen die andauernd überholen! Das bringt überhaupt nichts."

„Demnächst: Halten Sie sich rechts!", kommt die Ansage des Navigationsgeräts. Sie nähern sich einem Autobahndreieck. Die Bahn wird vierspurig. Mathilde fährt lieber etwas weiter rechts, das scheint ihr sicherer zu sein, als auf den beiden linken Spuren im Pulk zu rasen. Sie spürt, wie Thorsten die Augen verdreht. Seit ihrem großen Streit vor ein paar Wochen sagt er nichts mehr, wenn sie fährt. Dauernd hatte er seine klugen Ratschläge rausgelassen und Mathilde hätte vor Ärger beinahe einen Unfall gebaut. Gleich auf dem nächsten Parkplatz hat sie ihm die Leviten gelesen. Ein Macho, ein Besserwisser, ein arroganter Kerl wäre er, einer der nicht merkt, wie beleidigend das ist und er soll lieber seine Klappe halten oder selber fahren. Über eine Woche lang, sprachen sie nicht miteinander. Und nun sagt er nichts mehr, kein einziges Wort. Doch Mathilde spürt, wie das in ihm nagt.

Während sie sich daran erinnert, während sie fühlt, dass er es vermeintlich besser könne, während sie sich über sein verdammtes Schweigen ärgert, vergisst sie, auf die Autobahn in Richtung Dresden einzuschwenken. Sie hat die mehrfache Ansage des Navis einfach überhört. Und er hat gesehen, dass sie nicht auf die Spur nach Dresden wechselte.

„Hier geht es in Richtung Hamburg. Wir können dann 'nen Elbkahn nach Dresden buchen", sagt er nur und scheint sich jetzt wohler zu fühlen. Die Schadenfreude hebt seine Stimmung, genau wie die Ansage des Navigationsgeräts.

„Die Strecke wird neu berechnet."

Mathilde ist kurz vor dem Explodieren. Sie muss sich auf den dichten Verkehr konzentrieren, darf die nächste Abfahrt zum Wenden nicht verpassen.

Endlich hat sie die richtige Autobahn erreicht. Eine knappe halbe Stunde Zeitverlust hat sie eingefahren. Thorsten schweigt immer noch, schaut mehrmals genervt auf seine Armbanduhr. Als vorwurfsvollen Blick empfindet Mathilde das. Dabei hat das Cockpit genau in der Mitte eine große Digitaluhr.

Thorsten hustet, es ist mehr ein Hüsteln, ein gekünstelt wirkendes, ein dezenter Hinweis, so als wolle er sagen,

„Nun wechsle endlich auf die linke Spur. Mit sechzig kommen wir doch nie in Dresden an!" Mathilde faucht ihn an, erklärt, dass sie die Fahrerin ist, sie könnten ja wechseln und in einer Baustelle bleibt sie lieber auf der rechten Fahrspur. Millimeterscharf an einem Laster vorbeiziehen, wäre ihr zu gefährlich. Und bei diesem Nieselregen fährt sie sowieso vorsichtig und die Scheibenwischer nerven sie außerdem. Und sie muss mal. Und ihr Magen knurrt. Heute früh hat sie keinen Happen herunter bekommen. Thorsten entgegnet nichts. Dass macht die Stimmung noch gereizter. Es ist wie eine dicke, übel riechende Suppe, die im Innenraum des Wagens wabert und in jede klitzekleinen Ritze eindringt. Der Start in ein langes Wochenende sollte so nicht aussehen. Mathilde ist zum Heulen zumute.

Dabei hatten sie am letzten Wochenende so schöne Stunden zusammen. Zuerst waren sie im Kino, dann Sushi essen und schließlich … Am Sonntag ließen sie das Frühstück ausfallen, schliefen bis in die Puppen. Mittags wurde gemeinsam gekocht und gemütlich schnabuliert. Der Wein war ja auch so lecker. Dabei schwelgten sie in den Plänen für Dresden.

Irgendwann geht es nicht mehr. Irgendwann muss es raus. Es ist der Frühstückstee. Ohne die obligatorische Tasse Tee wird Mathilde nicht wach. Es waren nur wenige Schlucke, die sie trank. Doch die vermehren sich auf unerklärliche Weise in ihrem Inneren. Sie weiß nicht, wie lange sie bis zur nächsten Raststätte fahren müssten, jedenfalls ist es zu weit für sie und hier sieht sie eine große Rastanlage nahe der Autobahn. Die steuert sie zielgerichtet an. Wortlos steigt sie aus, nimmt ihre Jacke vom Rücksitz, drückt Thorsten den Autoschlüssel in die Hand und rennt los. Thorsten weiß Bescheid, er kennt seine Freundin und geht gemütlich in die Raststätte, sucht einen Tisch und wartet geduldig. Eine Pause, ein Kaffee und eine Kleinigkeit zu essen, würde ihnen bestimmt guttun.

„Hättest uns ja einen Kaffee holen können!", blafft Mathilde, als sie an den Tisch tritt. Die Stimmung ist gereizt. Doch jetzt lässt auch Thorsten seiner Laune freien Lauf. Wenigstens beschimpfen sie sich so, dass kein anderer Gast gestört wird, vielleicht bis auf den Mann in der blauen Latzhose, sicher ein Fernfahrer. Er grinst irgendwie verdächtig in sich hinein. Die beiden Kampfhähne bemerken das nicht.

„Ich habe keine Lust mehr, mit dir nach Dresden zu reisen!", platzt Mathilde schließlich der Kragen, „Du hast mir die Vorfreude, das ganze Wochenende versaut!"

„Dann fahr doch zurück! Mache ich mir alleine eine schöne Zeit. Es geht auch ohne dich!", kontert Thorsten, „Jetzt hole ich mir einen Kaffee, sonst sitzen wir morgen noch hier."

Ohne es zu ahnen, ohne es zu beabsichtigen, hat Thorsten mit seiner Bemerkung eine Grenze überschritten. Während er sich anstellt, etwas zu trinken zu holen, schnappt sich Mathilde Anorak und Handtasche. Sie geht. Thorsten bemerkt es nicht. Sie läuft in Richtung des nächsten Dorfes. Auf den Eingangsschild steht „Mühlberg". Links oberhalb des Ortes thront eine Burg, mehr eine Ruine. Da drüben ist noch eine, weniger Ruine wie diese hier, scheint es. Von rechts über die Felder zieht der Novemberwind. Kalt ist es nicht, erstaunlich mild. Mathilde steckt die Strickmütze in die Handtasche. Die Straße ist nass. Es hat bis vor Kurzem geregnet. Das Rauschen der nahen Autobahn sorgt für weitere Ungemütlichkeit. Mathilde läuft schnell. Sie will weg, weg von diesem Mistkerl. Sie braucht Abstand, Ruhe und Zeit, Zeit zum Nachdenken. Das Klingeln des Handys ignoriert sie. Stattdessen biegt sie in die erstbeste Nebenstraße ein. Der Kerl bringt es fertig, sie zu verfolgen. Nein, jetzt ist sie nicht in der Lage, ihm irgendetwas zu erklären. Das Handy klingelt wieder und wieder. Sie schaltet es auf leise. An einer alten Haustür sieht sie ein Schild „Pension". Es zieht sie magisch an. Sie hat eine Idee und klopft an diese Tür.

Mathilde nimmt das kleinste Zimmer, eines ohne Fernseher, nur mit Bett, Schrank, Tisch und Stuhl sowie Bad. Es ist recht eng unter dem Dach, jedoch das einzige Gästezimmer, das im Bad eine Badewanne hat, keine Dusche. Das gab den Ausschlag für ihre Wahl. Die Wirtin, sie heißt Ursel, macht einen freundlichen Eindruck. Es ist eine ältere, unglaublich agile Frau, die mit allen Gästen gleich per Du ist. Noch während Mathilde die Wanne mit heißem Wasser füllt, bringt Ursel einen dampfenden Kräutertee.

„Trink das, Mädel. Du bist ja total durchgefroren."

„Bin schon groß, gehe auf die Vierzig zu. Vielen Dank!", entgegnet Mathilde.

„Sag ich doch. Gegen mich bist du ein junges Ding. Außerdem bist du 43 oder hast du dich auf der Anmeldung verschrieben?" Lachend lässt sie Mathilde allein. Bevor sie die Tür schließt, ruft sie ins Zimmer, dass sie frischen Kuchen gebacken hat.

Thorsten schreibt in einer Nachricht, dass sie sich wenigstens mal melden solle. Er würde noch eine halbe Stunde warten, dann weiterfahren. Und er erwartet eine Entschuldigung von ihr.

„Eine Entschuldigung? Wofür?", quillt ein Gedanke wütend aus Mathilde hervor. Er sollte sich entschuldigen, das ist das Mindeste. Sie weiß nicht, ob das noch ausreicht. Im Moment ist sie total aufgewühlt. Jedes einzelne seiner Worte kommt wie eine Provokation.

„Fahr! Ich komme zurecht!", antwortet sie und er bietet gleich an, sie am Sonntag wieder mit heim zu nehmen. Sie müsse aber Bescheid sagen.

„Lieber gehe ich zu Fuß!", beschließt Mathilde. Sie merkt, dass sie noch nie im Leben so sauer auf jemanden war. Da hat sich etwas angestaut, viele Kleinigkeiten, der große Streit neulich, die Auseinandersetzung wegen Thorstens Freunde, etliche andere Dinge und nun diese Fahrt.

„So geht es jedenfalls nicht weiter, entweder alles wird ganz anders oder es ist aus!", steht für sie fest. Langsam taucht sie im Schaum der Badewanne ab. Irgendwann ist das Badewasser soweit abgekühlt, dass sie aussteigen muss. Ihre Haut ist schrumpelig. Früher hat sie das geärgert, heute ist ihr das egal.

„Schade, es hätte so ein schönes Wochenende werden können! Mistkerl!" Mathilde ist immer noch sauer, genaugenommen mehr, als zuvor. Andererseits, was bringt es, dem Kerl nachzutrauern. Der ist jetzt kurz vor dem Ziel, seinem Ziel. Mathilde freut sich irgendwie, sie kann es nicht beschreiben.

„Hm, Streuselkuchen! Den esse ich für mein Leben gerne!" Mathildes Laune hat sich durch das Entspannungsbad und die leckere Bewirtung von Ursel gebessert. Sie plaudern über Belangloses. Ursel erzählt von den drei Burgen, die hier ganz in der Nähe stehen, von den Orchideen, die man im Frühsommer in den Naturschutzgebieten findet.

„Ich habe nur zwei Burgen gesehen."

„Ja, von hier aus siehst du nur die beiden Nächsten. Doch es sind drei Festungen, die „Drei Gleichen". Sie sehen aber nicht gleich aus, sind völlig unterschiedlich gebaut. Angeblich hat im 13. Jahrhundert in alle drei Burgen gleichzeitig ein Kugelblitz eingeschlagen und sie brannten wie drei - gleiche - Fackeln. Und dann gibt es noch die Sage des Grafen Ernst von Gleichen. Der hatte, mit dem Segen des Papstes, sogar zwei Ehefrauen." Mathilde staunt mächtig. Die Idee gefällt ihr, wenn sie mal Ruhe haben möchte vor dem Kerl, kann sich die Andere mit ihm herumärgern. Plötzlich fragt Ursel:

„Sag mal Mädel, du bist nur mit einer Handtasche unterwegs. Ist das nicht etwas wenig?" Unter Tränen erzählt Mathilde ihre Geschichte.

„Lass den blöden Kerl fahren, wohin er möchte! Du hast es richtig gemacht! Jetzt kümmerst du dich um dich selbst. Bleib einfach ein paar Tage hier. Die Gegend ist schön, du kannst in aller Ruhe mit dir selbst klarkommen und falls du etwas benötigst, sag mir Bescheid!" Und Ursel ermahnt sie, unbedingt ihr Handy auszuschalten.

„Der ruft heute garantiert noch ein paarmal an. Und wenn du weich wirst und abnimmst, hat er gewonnen. Dann geht die Leier von vorn los! Am besten wäre es, du gibst mir das Teil, bis du wieder abreist." Mathilde zögert zuerst. Schließlich findet sie diese Idee sogar sehr gut. Am Abend liegt ein kuschelig warmes Nachthemd auf Mathildes Bett. Es ist etwas altmodisch, Hauptsache warm. Im Bad stehen ein paar Utensilien, wie man sie täglich benötigt. Selbst eine Illustrierte liegt auf dem Tischchen, nicht die neueste und die Rätsel sind alle akribisch gelöst.

Doch erst einmal schlendert Mathilde durch die Ortschaft. Hübsche kleine Häuser, gepflegte Vorgärten, ein Bach - Mathilde mag solche Orte. Sie strahlen so viel Ruhe aus, selbst wenn ein Trecker mit Jaucheanhänger durch die Dorfstraße poltert. Dieser milde Novembernachmittag lädt zum Bummeln ein. Es ist bereits dunkel, als sie in die Pension zurückkommt. Beinahe hätte sie den Weg nicht gefunden. Morgen muss sie sich unbedingt einen kleinen Plan besorgen. Ursel hat ein leckeres Abendbrot vorbereitet. Sie sitzen noch bis spät am Abend zusammen und plaudern. Ursel ist froh, nun wieder einen Gast zu haben.

„Der Herbst ist eine langweilige Jahreszeit", sagt sie. Da kommen die wenigsten Besucher. Sie ist doch so ungern allein.

Als Mathilde endlich im Bett liegt, fallen ihr die Augen schnell zu. Die beiden Schnäpse, die Ursel kredenzte, zeigen Wirkung. Gegen Morgen wird ihr Schlaf unruhig. Sie träumt wirres Zeug, steht früh auf und schmökert in dem abgegriffenen Buch, das sie im

Regal findet. Als ihr das nicht gefällt, greift sie zur Illustrierten. Auch die wirft sie in die Ecke, als sie im Horoskop liest, dass sie in diesem Monat viel Glück in der Liebe hat. Dabei ist die Zeitschrift bestimmt schon ein viertel Jahr alt.

Die Burg interessiert Mathilde. Sie möchte unbedingt hoch. Das Wetter steht dem entgegen, es ist sehr neblig. Vielleicht schaut die Burgruine oben aus der Suppe heraus? Weit ist es nicht, meinte Ursel.

Mathilde hofft, dort Klarheit zu finden. Wie soll es weitergehen? Irgendeine Veränderung ist dringend nötig, sonst dreht sie durch. Eine große, grundsätzliche Wende, doch welche? Muss es ein radikaler Schnitt sein? Oder reicht es, einfach mal miteinander zu reden? Zweifel kommen auf. Sie weiß, dass sie in solchen Momenten Ruhe braucht, nachdenken muss, ohne gestört zu werden, um zu sich selbst zu finden. Sie weiß auch, dass sie dann alles sehr dramatisch sieht, am liebsten die ganze Welt abmurksen würde. Ihr ist klar, dass sie die Probleme zweimal, manchmal auch dreimal oder noch öfter durchdenken wird. Zum Schluss hat sie meistens die Lösung, ihre Lösung. Die ist dann weniger rigoros. Die Welt muss nicht abgemurkst werden.

Doch nun möchte sie los. Lange kann sie jetzt nicht mit Ursel plaudern, so gemütlich es an ihrem Frühstückstisch auch ist.

„Bist du zum Mittag zurück?"

„Ich weiß es noch nicht. Ich rufe an."

„Womit? Auf der Burg steht keine Telefonzelle."

„Du hast recht. Warte nicht auf mich. Irgendwann, spätestens zum Abendbrot tauche ich wieder auf."

„Mach keine Dummheiten!", mahnt Ursel und schmiert zwei Brötchen, welche sie Mathilde mit auf den Weg gibt.

Nicht lange, dann ist Mathilde im Wald. Schilder weisen den Weg. Die Nacht war klar, die Regenwolken von gestern sind abgezogen. Nun ist es recht kühl. Der aufsteigende Novembernebel ist dicht und feucht. Das Wetter kann ihr nichts anhaben. Sie ist warm angezogen und hat den dicken Wollschal von Ursel doppelt um den Hals geschlungen. Mit großen Schritten schreitet sie voran. Fast beginnt sie zu schwitzen. Der Weg führt steil bergan. Je höher sie kommt, desto dichter wird die Nebelsuppe. Mathilde geniest den Aufstieg. Ihr ist warm ums Herz. Noch wandert kein Gedanke in Richtung ihrer Probleme.

Es ist angenehm ruhig. Mathilde bleibt stehen. Nicht einmal die kahlen Bäume rauschen. Kein Windzug geht. Nun raschelt auch das Laub nicht mehr unter ihren Schuhen.

„Absolute Stille!", staunt sie. Es ist keine sterile, beängstigende Stille. Sie glaubt, ihren Herzschlag zu fühlen, nicht zu hören. Er ist ruhig und gleichmäßig, wie ein Uhrwerk. Sie genießt den Moment. Es ist nur ein Augenblick. Dann erschrickt sie. Irgendetwas fällt von einem Baum herab - ein Zweig, eine Eichel ... Es ist wieder mäuschenstill, bis Mathilde langsam weitergeht. Das Laub raschelt zu ihren Füßen.

„Wie lange bin ich unterwegs?" Mathilde hat beim Weggehen nicht auf die Uhr geschaut. Ihr Weg durch die neblige Stille erscheint zeitlos. Jetzt müsste doch die Abzweigung, von der Ursel sprach, kommen. Oder ist sie daran vorbei gegangen? Mathilde achtet auf den Weg, sucht die Bäume nach Schildern ab.

Die Gedanken schweifen ab. Heute Abend wollte sie mit Thorsten ins Konzert gehen. Lange hatten sie sich darauf gefreut. Die Frauenkirche: wie oft schauten sie Berichte im Fernsehen. Und nun würde sie selbst darin sitzen. Nein, sie wird nicht dort sein. Sie ist hier, mitten in Thüringen, in diesem verdammten Nest, auf dem Weg zu dieser bescheuerten Ruine. Mathilde spürt Wut hochkommen. Thorsten wird alleine ins Konzert gehen.

„Der geht in diese Aufführung, froh gelaunt! Dem ist doch egal, wie ich mich fühle! Hoffentlich schenkt er meine Karte irgendjemandem. Nein, er wird sie verkaufen. Er findet bestimmt einen Interessenten. Den Gewinn lässt er sich nicht entgehen." Die Schritte sind langsam geworden. Mathildes Gedanken gehen das Erlebte des gestrigen Tages, der letzten Wochen durch. Dauernd fallen ihr neue Episoden ein, meistens unwichtige. Doch jetzt erscheinen sie ihr, so wirr sie in ihrem Kopf auch durcheinandertanzen, in neuem Licht. Und immer wieder der Moment, als Thorsten hinter der verpassten Autobahnabfahrt sagt:

„Hier geht es in Richtung Hamburg. Wir können dann 'nen Elbkahn nach Dresden buchen." Später dieses Hüsteln, die dezenten Hinweise, sie soll doch endlich Hochschalten, Gas geben, Überholen, ordentlich fahren oder den Blinker ausschalten. Und schließlich die Ansage des Navigationsgerätes:

„Die Strecke wird neu berechnet." Von Strecke kann hier im Wald keine Rede sein. Irgendwie sieht der Weg nicht mehr nach Weg, eher nach Trampelpfad aus. Mathilde bleibt stehen. Ihr Orientierungssinn ist sowieso schwach. Und nun, in der unbekannten Gegend, in der trüben Nebelsuppe, in dieser Stimmung – eine vertrackte Situation.

„Ich habe mich verlaufen!" Sie setzt sich auf einen Baumstumpf.

„Ja, die Strecke wird neu berechnet." Mathilde ist mitten drin im Rechenprogramm für ihre Beziehung zu Thorsten. Sie möchte weiter gehen. Doch welches ist der richtige Weg?

„Bei uns kann niemand abhandenkommen." Man muss nur ein Weilchen weiterlaufen, dann findet man den nächsten Ort, selbst wenn es eine klitzekleine, halbverlassene Klitsche ist. Von dort kommt man immer weg. Die anfänglichen Sorgen sind wie weggeblasen. Sie gibt sich noch fünf Minuten Zeit, dann will sie aufbrechen.

Weitergehen - wo entlang - voran oder wieder zurück? Mathilde ist unsicher. Sie entschließt sich, den Weg weiter zu gehen. Nicht lange und sie erreicht einen breiteren Weg. Einen Wegweiser sucht sie vergebens. Der Pfad ist wohl nicht für Wanderleute gedacht. Sie geht nach rechts, rein intuitiv. Das ist ebenso falsch, wie die andere Richtung, meint sie. Sie läuft langsam. Der Weg ist einigermaßen eben. Sie achtet kaum darauf, die Gedanken eilen kreuz und quer durch den Kopf. Mehrmals schießt sie wütend mit dem Fuß einen Stein oder Kiefernzapfen beiseite. Dann zählt sie die Schritte. Wenn bis dreihundertdreiunddreißig kein Wegweiser kommt, wird sie umkehren. Sie zählt nicht einmal bis zur Hundert. Es ist kein Wegweiser, es sind ihre Gedanken, die in ihr Kreise ziehen.

„Mist, es ist die falsche Richtung!", stellt sie irgendwann fest. Der Weg scheint immer tiefer in den Wald, hinein, weg von dieser Burg zu führen. Sie beschließt, wohl oder übel, den Rückweg anzutreten. Wie lange ist sie unterwegs? Sind es zwei oder drei

Stunden? Mathilde weiß es nicht. Aber mindestens genauso viel Zeit muss sie für den Rückmarsch einkalkulieren, eher eine Stunde mehr.

„Ach, jetzt setze ich mich erst einmal einem Moment hin", beschließt sie, als sie einen runden Stein sieht. Aus ihrer Handtasche fischt sie ein Käsebrötchen heraus. Dankbar denkt sie an Ursel und verspeist ihr zweites Frühstück.

Während sie kaut, merkt sie nicht, wie sich jemand nähert. Sehen kann sie sowieso Niemanden. Erst kurz bevor er aus dem Nebel tritt, nimmt sie ihn wahr. Mit weit ausholenden Schritten kommt ein Wanderer auf sie zu. Sie ist gespannt, was es für einer sein könnte. Es ist ein komisches Gefühl. Einerseits spürt sie leichte Angst, eher eine hilflose Beklemmung, dem Unbekannten zu begegnen. Andererseits hofft sie, einen Ortskundigen zu treffen.

Ein Mann, dessen Alter schwer zu bestimmen ist, begrüßt sie freundlich. Er ist professionell ausgerüstet mit riesigem Rucksack, Wanderstöcken und Navigationsgerät. Als Mathilde erklärt, wohin sie unterwegs ist, schüttelt er erstaunt den Kopf.

„Da bist du aber ein klein wenig vom Weg abgekommen", klärt er sie auf und meint, dass sie etliche Kilometer zu weit gelaufen ist.

„Wenn du richtig abgebogen wärst, hättest du die Burg schon dreimal erreicht. Komm einfach mit mir mit. Ich gehe auch in diese Richtung. Falls ich zu schnell bin, sag es mir." Er duzt sie, das scheint unter Wanderern wohl üblich zu sein, vermutet Mathilde. Es stört sie überhaupt nicht. Es ist ein netter Kerl, ein komischer Typ.

Zuerst gehen sie schweigend. Raphael, so heißt ihr Begleiter, schreitet vorweg, Mathilde kämpft sich hinterdrein, immer bemüht, den Anschluss nicht zu verlieren. Mehrmals bremst sie ihn. Er läuft dann deutlich langsamer, fällt bald wieder in sein gewohntes Tempo zurück.

„Lang-sa-mer!", ruft Mathilde total erschöpft. Und als Raphael

„Pause?", entgegnet, nickt sie nur kraftlos. Jetzt muss erst einmal das zweite Brötchen dran glauben. Sie setzen sich auf einen umgefallenen Baumstamm. Raphael gibt ihr sein Sitzkissen als Unterlage. Da staunt Mathilde, mitten im Wald, einem Gentleman begegnet zu sein. Inzwischen ist er kein so komischer Typ mehr.

„Hast du nichts zu trinken?" Als Mathilde den Kopf schüttelt, reicht er ihr die Wasserflasche. Dankbar nimmt sie einen großen Schluck. Raphael belehrt sie, dass man nie ohne Trinkwasser loslaufen darf.

„Wasser ist wichtiger, als die Brötchen." Mathilde wundert sich, dass er nicht fragt, wieso sie auf die Idee gekommen ist, bei diesem Wetter zu wandern. Sie schaut ihn nun genauer an. Er ist vielleicht zehn Jahre jünger als sie. Seine Haut ist vom Wetter gegerbt, faltig. Die langen Haare hat er zu einem Pferdeschwanz zusammengebunden. So etwas mag Mathilde normalerweise nicht. Ab einem gewissen Alter sollten Männer eine ordentliche Frisur tragen, sonst sieht es albern aus. Sie sagt das natürlich nicht. Ihr ist der Menschentyp wichtiger, als sein Äußeres.

„Aber man kann ja seine Meinung haben." Sie erkundigt sich, wohin er unterwegs ist, weshalb er ausgerechnet im Spätherbst, bei diesem Mistwetter wandert. Er druckst herum, will nicht so recht mit der Sprache heraus. Es scheint in ihm zu stecken, er ist Wanderer aus Passion. Das Wetter interessiert ihn wenig, auf Kleidung und Ausrüstung kommt es an und wenn Not am Mann ist, schläft er mitten im Wald. Mathilde nimmt nun auch die Isomatte wahr, die quer unter seinem Rucksack befestigt ist. In einem Nebensatz erwähnt er, dass ihm das Geld vom Amt genügt.

„Hm", denkt Mathilde, „Hm, das wäre nichts für mich." Sie überlegt, wo er zu Hause sein könnte. Bestimmt ist er schon um die halbe Welt gewandert. Raphael meint, sie hätte ja heute fast zwei Burgen besuchen können. Von dort, wo sie sich trafen, war es nur ein Katzensprung bis zur Wachsenburg. Doch dann hätte sie den Rückweg alleine finden müssen.

Schließlich laufen sie schweigend weiter, Raphael vorweg, sie schwer atmend hinterher.

Mathilde hat überhaupt kein Zeitgefühl. Mehrmals überlegt sie, einfach stehen zu bleiben und diesen wilden Kerl ziehen zu lassen. Jedes Mal, wenn sie sich dazu entschließt, kommen sie an eine Weggabelung oder er biegt plötzlich ab.

„Hier wäre ich vorbeigelaufen!", stellt sie dann fest und folgt mit frischer Motivation. Auf einmal bleibt Raphael stehen.

„Horch mal!" Sie lauschen. Nicht weit von hier sind Vögel zu hören, keine Singvögel, eher Raubvögel. Mathilde kennt sich nicht aus. Sie schaut gerne Naturfilme, aber außer Hasen und vor Jahren mal einem Fuchs ist sie nie einem Tier im Wald begegnet. Und Vögel? Da gibt es Meisen, die kennt sie und andere Singvögel und Adler. Ach so, Reiher gibt es ja auch. Die sah sie oft, die stehen immer am Weiher, nicht weit von ihrer Wohnung entfernt. Raphael sucht eine Stelle zum Hinsetzen. Er reicht Mathilde das Sitzkissen.

„Es sind Mäusebussarde, die sich streiten. Sie rufen recht laut. Vielleicht hat einer eine Maus oder einen Vogel geschlagen. Bussarde sind in dieser Gegend verbreitet, sie bleiben im Winter hier. Nur, wenn es sehr kalt wird, ziehen sie nach Südwesten." Raphael erzählt, dass die Burgherren früher Greifvögel abrichteten und Beizjagd betrieben. Er kommt ins Erzählen und freut sich, jemanden zu haben, der ihm zuhört. Mathilde ist froh, dass sie sich einen Moment von der Hetzerei ausruhen kann. Die Beine schmerzen längst.

„Jetzt ein Bad nehmen und dann ins Bett krabbeln." Doch die Ruhe währt nicht lange. Raphael beginnt, Schauergeschichten von Geistern und Gespenstern zu erzählen. Die Burgherren müssen ein sehr unruhiges Leben geführt haben. Nur wenige Räume in der Burg waren einigermaßen geheizt und außerdem wuselten massenhaft Geister und Gespenster herum. Na ja, es gab kaum Licht, höchstens ein paar Kerzen. Da kann man auf solche Gedanken kommen. Und wenn irgendeine Tür vom Zug laut krachend zuflog, dann ist dort eben eine Spukgestalt gewesen. Und knarrende Fensterläden sind auch nicht anheimelnd, es gab niemanden, der die Scharniere ölte. Es war eine gruselige Zeit. Mathilde glaubt prompt, von einem Wesen hinter dem Baum gegenüber angeschaut zu werden. Die Nebelschleier bewegen sich plötzlich. Es ist unheimlich, auch hier und jetzt erst recht. Normalerweise ängstigt sich Mathilde nicht so leicht. Doch in ihrer gegenwärtigen Verfassung, hier mitten im Wald bei dichtem Nebel möchte sie nicht unbedingt Gruselgeschichten hören. Macht sich Raphael einen Spaß daraus, sie zu peinigen? Er merkt, dass Mathilde nicht ganz wohl zumute, ist.

„Weiter?", fragt er schließlich.

„Was wäre die Alternative? Sitzenbleiben? Dann lieber Weiterrennen. Vielleicht kannst du ja ein wenig, ein klein wenig langsamer laufen. Ich glaube, meine Beine machen bald schlapp." Tatsächlich geht es nun, für Raphaels Verhältnisse, gemütlich weiter.

„Wenn du noch zur Burg möchtest, musst du hier rechts entlang. Es ist nicht weit. Und auf dem Rückweg biegst du hier ab. Dort unten liegt schon der Ort - Adieu!" Mathilde möchte sich bedanken, sie kann sich kaum verabschieden.

Ratlos steht Mathilde an der Weggabelung. Will sie wirklich noch dort hinauf? Plötzlich wird ihr bewusst, dass sie den ganzen Rückweg über mit keiner Silbe an ihre Probleme gedacht hat. Das Rennen mit Raphael hat ihre gesamte Energie, ihre Aufmerksamkeit erfordert. Es war erfrischend für ihren Geist.

Mathilde entschließt sich, den Weg zur Burg zu gehen. Sie läuft langsam, genießt es, zu schleichen. Sie spürt die Gelenke, jedes einzelne. Wenigstens knarren sie nicht, wie die Türen und Fensterläden dazumal auf dieser Burg. Sie ist schließlich kein Gespenst! Wie von Geisterhand befindet sie sich plötzlich vor dem Burgtor. Es steht sperrangelweit offen. Mathilde tritt ein.

Der Nebel ist nicht mehr so dicht. Irgendwann muss er ja mal nachlassen. Sie hat es nicht einmal bemerkt. Mathilde geht bis an die Burgmauer heran. Rechterhand erkennt sie den runden Turm. Das war wohl der Ausguck nach den bösen Angreifern. Wieso ist die Burg nur noch eine Ruine? Haben die Raubritter Erfolg gehabt? Mathilde erinnert sich, dass Ursel etwas von einem Brand der drei Burgen erzählte. Der ist bestimmt lange her. Da hätte man doch … Sie reckt sich, um über die Mauer zu schauen. Dort unten führt die Autobahn entlang. Das Brausen dringt durch die Nebelwand bis hier hoch. Gerade scheint ein Laster vorbei zu fahren, einer mit defektem Motor oder Auspuff. Er übertönt das fast gleichmäßige Rauschen. In diesem Moment kommen Mathilde wieder die Gedanken an Thorsten und ihren Streit in den Sinn. Dort unten ist er gestern nach rechts, nach Osten weitergefahren. Es hat ihm nichts ausgemacht, ohne sie zu fahren. Zwei oder drei vergebliche Anrufe, zwei Kurznachrichten und als sie schrieb, „Fahr! Ich komme zurecht!", ist er kommentarlos abgezogen. Ist das Liebe? Gibt man den Partner so schnell auf? Er hat nicht gekämpft. Das steht fest.

„Und ich? Ich bin einfach fort, beleidigt und ohne Abschiedswort." Tausend Gedanken gehen Mathilde durch den Kopf. Sie möchte sich auf eine Bank setzen, wenigstens einen Moment. Die Füße schmerzen nach dem Gewaltmarsch mit Raphael. Bevor sie sich niedersetzt, erhebt sie sich wieder. Die Bank ist vom Nebel klatschnass. Mathilde lehnt sich an die Mauer, schaut hinüber auf den gegenüberliegenden Berg. Dort thront eine Burg. Sie ist wohl weniger zerstört, wie die Mühlburg, auf der sie sich befindet. Sicher ist sie sich nicht. Jetzt erkennt sie da unten auch die Silhouetten der Lastwagen. Der Nebel verzieht sich gemächlich. Feine Sonnenstrahlen kommen schüchtern durch die Nebelvorhänge hindurch. Automatisch verbessert sich Mathildes Laune, ein wenig jedenfalls. Ganz langsam geht sie an der Burgmauer entlang. Zuerst nach rechts, sie schaut den Autos hinterher, die nach Dresden unterwegs sind oder nach Berlin oder nach Prag oder wohin auch immer. Das Konzert kann sie in den Wind schreiben, die Gemäldegalerie auch.

Die Madonna bleibt für später irgendwann einmal. Und Thorsten?

Wie war das damals mit der Dame aus der Buchhaltung in Thorstens Firma? Beim Betriebsausflug war er ständig an ihrer Seite. Eine Bekannte aus Mathildes Gymnastikgruppe hat das erzählt. Thorsten tat unschuldig, als sie ihn zur Rede stellte. „Mit wem habe ich am Tisch gesessen und im Bus und …?" Dann meinte er, da wäre nichts, sie hätte eine blühende Fantasie, wäre wohl eifersüchtig. Das klang vorwurfsvoll. Hat er eine Affäre?

Und Thorstens Nachbarin von schräg drüber, diese junge, elegante Dame aus dem Chefsekretariat irgendeiner Versicherung? Dass da nie etwas war, zwischen den Beiden, hat sie nie wirklich geglaubt. Jetzt ist sie sicher, dass Thorsten ein Doppelleben führte.

„Ist ja wie im Montagabendkrimi: Thorsten führt heimlich ein Doppelleben." Es kam ihr öfter mal so vor, als ob noch irgendjemand in seiner Wohnung wäre, als sie anrief. Es war nicht nur der Fernseher, der im Hintergrund lief. Und hat diese Nachbarin den Hörer abgenommen, als Thorsten auf Dienstreise war? Auch die Geschichte mit dem Ablesen der Heizungszähler war sicher nur eine Ausrede. Und vor wenigen Wochen, an einem Montagabend, als Mathilde von der Gymnastik kam und bei Thorsten anrief: Wer war da am Telefon? Irgendjemand war in Thorstens Wohnung, hat nur in den Hörer geatmet. Es war fast ein Röcheln, so als wäre er, nein sie, die drei Stockwerke hochgehastet um den Anruf noch zu erwischen.

„Als ich ,Hallo' sagte, hat sie aufgelegt." Für Mathilde ist der Fall klar. Dieser Montagabendkrimi ist in seiner Handlung einfach viel zu durchsichtig, der verdient keinen Preis. Sie möchte darin keine Rolle spielen, eine Hauptrolle schon gar nicht.

Na gut, sie hat neulich auch mit Martin, einem früheren Klassenkameraden, in der Stadt einen Kaffee getrunken. Sie hatten sich zufällig getroffen und er lud sie ein. Nach so vielen Jahren muss man einfach mal quatschen. Nachdem er ihr von seiner Scheidung erzählte, sah sie ihn plötzlich mit neuen Augen, so wie damals beim Abiball. Sie aßen ein Stück Kuchen, natürlich mit einem Cappuccino und tranken zum Schluss sogar noch einen Schnaps. Das ist aber etwas ganz anderes, als Thorstens Techtelmechtel. Mathilde kommen Zweifel, doch sie winkt innerlich ab.

„Wie ist sie überhaupt, unsere Beziehung? Bin ich mehr als Thorstens Bratkartoffelverhältnis? Damals, als wir uns kennenlernten, war es irgendwie anders." Mathilde ist sich nicht sicher, ob nicht eine ihrer Freundinnen dahinter steckt, dass sie sich über den Weg gelaufen sind. Die beiden infrage Kommenden streiten alles ab. „Ist besser so!", denkt Mathilde.

Jetzt schleicht sie an der Burgmauer entlang nach links. Dort drüben muss das Naturschutzgebiet sein, von dem Ursel sprach. Im Frühjahr soll es dort besonders schön sein. Ihr Blick geht gen Westen, in Richtung der Heimat. Wie sie dorthin kommt, ist ihr im Moment noch gleichgültig. Das entscheidet sie heute Abend oder morgenfrüh. Thorsten ruft sie nicht an, das steht fest. Bestimmt kann man mit dem Bus in die nächste Stadt fahren. Und dann geht es mit der Bahn weiter. Egal, wie oft sie umsteigen muss.

„Ich habe alle Zeit dieser Welt! Niemand erwartet mich." Mathilde freut sich irgendwie darauf, allein mit der Eisenbahn zu reisen. Kein Stress, kein Navi, keine LKW-Kolonne und vor allem kein Beifahrer, der sie nervt. Einfach fahren und die Seele baumeln lassen. Das ist das Schönste. Sie wird träumen, aus dem Fenster schauen, die Landschaft, die Zeit genießen und den Gedanken folgen. Ohne einen Koffer, den sie hinter sich her zerren muss.

„Und wenn der Zug Verspätung hat, dann nehme ich eben den nächsten Anschlusszug." So sollte sie in Zukunft immer reisen.

Mathildes Gedanken schweifen kreuz und quer durch die Welt. Sie merkt nicht, dass sie seit geraumer Zeit nicht mehr an Thorsten dachte. Es tut ihr gut. Langsam dringt die Kälte unter ihren dicken Anorak. Es ist nicht weit bis in die Herberge, das weiß sie und den Weg wird sie finden, da ist sie sich sicher.

„Guten Tag! Ich dachte, ich wäre der Einzige hier oben. Sie scheinen den Blick von der Burg regelrecht zu genießen." Ein Wanderer, schon wieder ein Wanderer, auch einer mit professioneller Ausrüstung, spricht Mathilde an. Er beobachtet sie wohl schon eine Weile.

„Heute sind nur Verrückte unterwegs!", denkt Mathilde und schließt sich ausdrücklich in diesen Gedanken ein. Ja, sie ist ziemlich verrückt.

„Guten Tag!", entgegnet sie, „Ach, ich träume vor mich hin. Die Burg, der abziehende Nebel verleiten dazu." Sie kommen schnell ins Gespräch. Mathilde ist froh, endlich wieder mit Jemanden sprechen zu können. Die Zeit mit Raphael war weniger erbaulich. Entweder er ist vorweg gehetzt, wie ein Weltmeister oder er erzählte Gruselgeschichten, zumindest meistens. Julian dagegen ist nicht so mystisch. Er erklärt, dass er einfach nur die Ruhe im Wald sucht, dass er gerne wandert und neue Kraft tankt. Am Montag hat er wieder vor seinen Elftklässlern zu bestehen. Er unterrichtet Deutsch und Geschichte, das schlaucht, da muss er fast ununterbrochen reden. Und nun erforscht er beim Entspannen in der Einsamkeit die Historie der drei Burgen.

„Ich habe die dritte Burg immer noch nicht gesehen", entgegnet Mathilde.

„Na, dann komm mal mit auf diese Seite!", sagt Julian, „Vielleicht hat sich der Nebel soweit gelegt, dass wir sie sehen können." Tatsächlich, da hinten ist die dritte Burg zu erkennen. Kurz davor stieß sie auf Raphael. Mathilde staunt nicht schlecht, wie weit sie heute unterwegs war.

„Die ist aber keine Ruine. Wohnen dort noch richtige Burgherren?"

„Wenn du die Besitzer eines Hotels als Burgherren akzeptierst, dann gibt es dort Burgherren. Kannst dich ja als Burgfräulein einquartieren."

„Nein, ich bleibe lieber in meiner kleinen Pension unterhalb unserer Burg. Wie weit musst du denn noch wandern?"

„Bis da drüben, die Straße entlang, hinter dem Berg der Burg Gleichen. Dort ist eine Herberge, in der ich ein Zimmer habe." Sie plaudern ein ganzes Weilchen. Doch dann merkt Mathilde, dass sie immer stärker friert, dass sie müde wird. Der Marsch steckt ihr mächtig in den Knochen.

Auf dem Weg erzählt Julian, dass er gerne im Herbst wandern geht. Es ist eine eigentümliche Stille. Man ist viel allein. Die Menschen, die man trifft, sind immer irgendwie besonders. Mathilde gibt ihm im Geheimen recht.

„Einsam heißt nicht, alleine zu gehen." Manchmal trifft er Jemanden und sie marschieren kilometerweit zusammen, ohne ein Wort miteinander zu reden.

„Männer!", denkt Mathilde, „Typisch Männer!" Andererseits sprach sie mit Raphael auch nicht viel, als sie durch den Wald hetzten.

„Wenn man ein vernünftiges Tempo anschlägt, ist eine Schweigekur bestimmt nicht verkehrt", überlegt sie. Aber irgendwann muss mit dem Anschweigen Schluss ein.

Gemeinsam machen sie sich auf den Weg nach unten. Besonders die ersten Meter fallen ihr schwer. Doch als sie diese überwunden hat, geht es wieder leichter. Vor der Pension in Mühlberg verabschieden sie sich. Sie haben sich für morgen vorgenommen, die Burg Gleichen gemeinschaftlich zu erkunden.

„Oje, morgen habe ich bestimmt Muskelkater. Ich muss mich ein wenig schonen."

„Ach, es wird nicht so schlimm", verspricht Julian.

Als Mathilde in ihre Kemenate tritt, ist sie froh, diesen Tag überstanden zu haben. Sie braucht erst einmal ein Bad, ein richtig langes Bad zum Entspannen. Zum Glück hat sie ja das Zimmer mit der Badewanne gebucht. Kaum, dass Mathilde in der Wanne liegt, ruft Ursel von unten, dass sie jetzt das Abendbrot zubereitet.

Mathilde freut sich. Bald wird zwar Thorsten ohne sie in das Konzert in der Frauenkirche gehen. Doch das ist ihr plötzlich völlig schnuppe.

„Irgendwann werde ich diese wundervolle Kirche besuchen. Jetzt genieße ich die Zeit hier, weitab von der Welt." Sie freut sich, dass sie die lange Wanderung gemacht hat. Egal, der Umweg hatte viele gute Seiten. Selbst die Bekanntschaft dieses verrückten

Raphaels, möchte sie nicht missen. Den Muskelkater, na ja, den wird sie überleben. Dafür darf sie morgen den Tag mit Julian verbringen. Sie ist gespannt, was sie erleben wird.

Heute kuschelt sich Mathilde zeitig in ihr Bett. Sie hat es sich verdient. Ein Buch, eine Zeitschrift braucht sie zum Einschlafen nicht. Sie schaltet das altertümliche Radio ein, wählt einen Sender nach dem anderen. Ein paar Minuten lang hört sie Musik. Dann sucht sie die nächste Station. Sie kann sich nicht entscheiden, was sie hören möchte. Sie zappt von Sender zu Sender. Schreckliche Nachrichten verträgt sie jetzt am wenigsten. Als sie eine klassische Musik, etwas von Felix Mendelssohn Bartholdy, erwischt, schaltet sie ganz aus. Den mag sie sonst sehr, aber nicht ausgerechnet in diesem Augenblick. Nein, das erträgt sie im Moment nicht, jetzt da Thorsten in jenem langersehnten Konzert sitzt, ohne sie.

Die Rückfahrt wird sich ergeben. Sie wird Ursel fragen, welche Möglichkeiten es gibt. Ursel kennt sich aus. Und am Montag hat Mathilde sowieso noch frei. War das eine Vorsehung?

Sie zieht die Zudecke bis unter die Nase. Es war ein schöner Tag.

Ursel meint:
„Nimm den 870er Bus nach Gotha. Der fährt um 9:38 Uhr. Vorher wird gemütlich gefrühstückt und ich mache dir eine Marschverpflegung zurecht. Von Gotha fährst du mit der Bahn weiter." Genauso hat es Mathilde gemacht. Bevor sie sich verabschiedete, musste Mathilde noch versprechen, wieder zu kommen. Sie tat es sehr gerne.

„Am schönsten ist es im Frühling", hat Ursel gesagt und zur Mahnung den Zeigefinger erhoben.

Nun sitzt sie im Regionalexpress nach Eisenach. Von dort geht es mit dem ICE über Fulda weiter in Richtung der Heimat. Mathilde fühlt sich gut, viel besser, als auf der Herfahrt. Egal, wie schnell der Zug fährt, sie hat es gemütlich. Sie ist mit sich im Reinen. Die beiden Nachrichten, welche Thorsten schrieb, hat sie einfach ignoriert. Doch dann schreibt sie, dass er ihren Koffer und die Taschen bei ihr zu Hause unten in den Hausflur stellen kann. Den Rest wird er sich denken und morgen oder übermorgen, vielleicht auch erst am Wochenende, er soll ruhig noch ein wenig zappeln, wird sie ihn anrufen. Sie weiß schon, was sie sagen wird.

„Es war eine schöne Zeit mit uns und wenn es am schönsten ist, soll man aufhören. Leider habe ich diesen Moment verpasst. Lass es dir gut gehen." Sie wird keine weiteren Erklärungen abgeben. Er kennt doch sowieso alles und macht sich seinen eigenen Reim darauf. Falls er anfängt, zu buhlen, wird sie sagen,

„Spar dir dein Gesülze!" Vielleicht bietet sie ihm an, später mal zu checken, ob es für eine Freundschaft reicht. Mathilde schaltet das Handy aus. Sie genießt die Ruhe im Abteil und das rhythmische Rattern des Zuges.

Dann ist da noch das Problem mit Julian. Der macht sich jetzt bestimmt Hoffnungen. Es war ein wundervoller Tag, den sie gemeinsam verbrachten. Zuerst sind sie einmal unten um die Burg herummarschiert. Das ist ein interessanter Weg. Noch schöner ist er natürlich im Frühling. Die Landschaft ist sehr karg. Stellenweise erinnert sie an Dünen. „Bad Lands", nennt man die, erklärte Julian. Dann waren sie oben auf der Burgruine. Sie sind sogar auf den Turm gestiegen. Es war ein grandioser Ausblick. Und das Wetter hat gut gepasst. Etwas weniger Wind hätte sich Mathilde gewünscht. Zu Mittag haben sie in Freudenthal gegessen. Anschließend sind sie noch im Naturschutzgebiet Röhrberg gewandert. Nachmittags brachte Julian sie zurück nach Mühlberg. Dort haben sie im „Schützenhof" einen heißen Tee zum Aufwärmen getrunken. Julian hat sich sehr um Mathilde bemüht. Das war unverkennbar. Ja, er ist ein netter Kerl, interessant und gebildet. Aber könnte er der Richtige für sie sein? Er gibt sich so perfekt. Sicher, weil er Lehrer - Vorbild von Natur aus - ist? Es ist schwer, diesen Einen, den Richtigen zu finden. Julian ist es jedenfalls nicht. Bisher sind die Passenden, die wirklich Passenden immer an Mathilde vorbeigegangen. Oder sie waren vergeben oder es war doch nicht der Richtige. Ach, ist das alles kompliziert.

Mathilde ist sich mit sich selbst uneins. Es gibt ja noch Martin. Gerne denkt sie an die Zeit vor dem Abitur. Da waren sie ein Paar, die erste wirklich große Liebe. Sie fühlte sich wie im siebenten Himmel. Beinahe hätte sie die Prüfungen versemmelt. Sie dachte nur noch an Martin. Zum Glück haben Mutter und Vater nicht nur ein Machtwort mit ihr gesprochen. Und dann? Nach dem Abitur trennten sich ihre Wege. Sie studierte in Stuttgart und er oben im Norden. Das waren keine guten Voraussetzungen für eine junge Liebe. Aber nun?

Sie muss sich nicht entscheiden. Sie kann sich Zeit lassen, sie wird sich Zeit lassen. Die Strecke wurde neu berechnet. Sie ist auf dem richtigen Weg.

Kurz oder …
Die Supernova im Fahrstuhl

Auf einen Fahrstuhl muss man warten. Das scheint ein Naturgesetz zu sein.

„Danke!" Nur durch den Einsatz seines Fußes, den er zwischen die fast geschlossene Türe schiebt, muss sie sich nicht gedulden, bis der Lift seine Runde gedreht hat.

„Wohin?"

„Neunte!" Manuel betätigt die Neun, die hatte er doch gerade eben schon gedrückt. Sie nickt ihm kurz zu. Beide stehen sich schräg gegenüber, jeder hat seine Ecke, sein Revier. Dazwischen markiert eine imaginäre Linie die Grenze, schier unüberwindlich. Der Fahrstuhl setzt sich in Bewegung. Aus dem Augenwinkel heraus mustern sie sich. Kann man einen Moment lang nichts denken, einfach nur dastehen, ohne zu denken? Dieser kurze Augenblick ist so einer. Gelähmt, wie der Hase vor der Schlange, steht er in seiner Ecke. Er möchte sie anschauen, traut sich nicht.

Die Zahlen auf der Anzeige wechseln schnell. Gerade verdrängt die Vier ihre Vorgängerin. Noch hat sie es nicht geschafft die Hoheit über das Display zu erringen. Der Aufzug stoppt abrupt. Eine Vollbremsung, wie sie bei Autos vorkommt, wenn ein Reh oder ein Kind über die Fahrbahn huscht. Das Licht flackert kurz, dann geht es aus. Lange zwei oder drei Sekunden ist es stockfinster. Endlich blinkt die Notbeleuchtung, steigert sich zu einer Helligkeit, wie sie einem Schlafzimmer in den Momenten des Glücks angemessen wäre.

„Hoppla!", sagt Manuel. Er sagt es nur, weil er meint, jetzt etwas sagen zu müssen, als Mann, als Beschützer. Sie schauen sich zum ersten Mal richtig an. In ihrem Gesicht zeichnet sich Angst ab.

„Kann nicht lange dauern. Ist bestimmt nur eine Stromschwankung. Vielleicht ist irgendwo ein Blitz eingeschlagen. Der Wetterbericht hatte Gewitter gemeldet. Oder ein Bagger hat ein Stromkabel erwischt. So etwas kommt öfter vor."

„Das klingt nicht nach kurzer Fahrtunterbrechung, eher nach Übernachten im Fahrstuhl."

„Wird nicht so schlimm sein, da bin ich mir sicher."

Sie schweigen, blicken sich an und als es ihnen bewusst wird, schauen sie schnell weg, lachen. Es ist ein befreiendes Lachen. Sie sind ganz plötzlich zu Leidensgenossen geworden. Das verbindet.

„Wissen Sie, normalerweise würde ich jetzt anfangen hysterisch zu schreien. Ich bin schon einmal mit einem Fahrstuhl steckengeblieben. Da war ich alleine. Irgendwer hat mein Kreischen - es war dann nur noch ein Röcheln oder Flennen - gehört und den Hausmeister gerufen. Zehn Minuten hat es gedauert, bis ich herausklettern konnte. Die Kabine hatte einen halben Meter unter einer Etage haltgemacht. So, als wenn ihr die Kraft gefehlt hat."

„Sie müssen wirklich nicht schreien. Denken Sie an unsere Nerven. Gleich geht es weiter."

„Die Lüftung ist auch aus", sie gleitet mit dem Rücken an der verspiegelten Wand in die Hocke hinunter. Dann macht sie die Beine lang.

Sie bleiben stumm. Manuel merkt, wie seine Leidensgefährtin angestrengt lauscht. Es ist nichts zu hören. Plötzlich schaut sie ganz hektisch auf die Uhr.

„Neunzehn Uhr elf! Wie lange hängen wir schon fest?"

„Vielleicht …", das Zeitgefühl scheint verloren gegangen zu sein, „Vielleicht fünf oder zehn Minuten."

„Sagen wir, um Neunzehn Uhr ist das Ding stecken geblieben?"

„Ist das wichtig?"

„Ganz wichtig. Wenn ich hier lebend herauskomme, dann verklage ich die. Ich habe gelesen, dass einer tausend Dollar pro Minute - wirklich für jede einzelne Minute - als Schadenersatz bekommen hat. Das hat sich gelohnt. Der hat fast zwei Tage festgesessen. Ein Hauptgewinn – mit Jackpot!"

„Das war sicher in Amerika. Bei uns gibt es viel weniger."

„Ich nehme es auch in Euro!"

„Ich könnte ja mal den Notknopf betätigen. Vielleicht meldet sich jemand."

„Nein, um Himmelswillen! Denken Sie an die Entschädigung. Wenn die uns zu früh hier rausholen … Nein … Doch! Drücken Sie. Bitte. Ich bin bereits jetzt total durchgedreht. Sagen Sie denen, dass wir hier schon fünf Stunden sitzen und kurz vor dem Verrecken sind. Damit die sich wenigstens ein bisschen beeilen. Mir ist schlecht."

Manuel erhebt sich. Bei diesem funzeligen Licht ist es nicht einfach, die Schrift an der Notrufanlage zu lesen. Dann drückt er den Knopf, etwas länger als die vorgeschriebenen fünf Sekunden. Nichts passiert. Er drückt noch einmal, mindestens zehn Sekunden lang. Sie registriert jede seiner Handlungen, wartet gespannt. Sie hatten nicht mehr damit gerechnet, da erklingt eine Stimme:

„Bitte haben Sie einen kurzen Moment Geduld. Ein Mitarbeiter der Servicestelle meldet sich in Kürze." Diese Ansage wird im Minutentakt wiederholt. Jedes Mal schöpfen sie Hoffnung, endlich Kontakt mit der Außenwelt aufnehmen zu können.

„Mir kommt das vor, wie bei einem Raumflug in ferne Welten. Die Astronauten hoffen seit Jahren auf ein Treffen mit Außerirdischen, die ihnen einen Kanister Benzin für die Rückreise spendieren."

„Sie lesen zu viele utopische Romane."

Während sie über Weltraumabenteuer plaudern, hätten sie die rettende Stimme beinahe überhört.

„Hallo! Bitte melden Sie sich!" Manuel geht an die Sprechmuschel, erklärt, dass sie zu zweit festsitzen und fragt, wie lange das noch dauern wird. Die Dame am anderen Ende beruhigt sie. Sie sollen sich keine Sorgen machen, abwarten, am besten auf den Fußboden setzen und sich gedulden. Es werde alles getan, um sie heraus zu holen. Irgendwo hätte es einen Kurzschluss gegeben und man wäre dabei, die Leitung zu reparieren. Es könne wirklich nicht lange dauern. Das klingt nach Routine, nicht nach Beruhigung.

„Wir informieren, sobald das Problem behoben ist."

Das war es, kurz und knackig. Sie hocken nach wie vor in dieser muffigen, halbdunklen Kabine. Sie sitzt auf dem Boden, die Beine ausgestreckt und lehnt mit dem Rücken an der linken Wand, Manuel an der rechten. Oder umgekehrt, je nach Sichtweise.

„Wie heißen Sie?"

„Manuel und Sie?"

„Annemarie. Sagen wir doch lieber ‚Du' zueinander. In meiner letzten Stunde möchte ich nicht gesiezt werden."

„Solange wollen Sie hier sitzen?"

„Du."

„Bis deine letzte Stunde schlägt, dauert es Jahrzehnte."

„Du glaubst, solange lassen die uns hier hocken?"

„Ganz so lange nicht. Ich denke eher an ein oder zwei Stunden."

„Meinst du?"

„Die hat gesagt, er wäre ein kurzer Stromausfall. Wir sollen uns keine Sorgen machen."

„Was ist kurz für einen Stromausfall? Wenn bei meinem Radiowecker der Strom weg ist, selbst nach einer Sekunde, hat der alle Weckzeiten vergessen und ich verschlafe am Morgen. Ist schon mal passiert. Wenn im Universum ein Stern bereits nach einer Milliarde Jahre explodiert, sagt man, er hat nur kurz gelebt. Was ist denn nun unser ‚kurz'?" Manuel schweigt. Das ist zu viel Philosophie, wenigstens in dieser Situation. Richtig wohl ist ihm auch nicht. Die Reparatur kann Stunden dauern. Fehlt das entscheidende Ersatzteil, sitzen sie vielleicht Tage hier fest. Ein läppischer Schlauch für den Kühler seines Autos musste neulich aus Spanien eingeflogen werden. Wenigstens bekam er einen Ersatzwagen, einen mit so wenig PS, dass er beinahe schieben musste.

„Ich habe Hunger", meint Annemarie.

„Wir könnten den Pizzadienst anrufen. Der rettet uns dann gleich, wenn er die Pizza bringt. Ich nehme Hawaii."

„Spaßvogel!"

„Es ist schon halb Neun. Heute wird das nichts mehr. Die sehen ja nichts beim Reparieren. Da klemmen die vielleicht die falschen Drähte zusammen und es gibt noch einen Kurzschluss, vielleicht einen, der das ganze Land lahmlegt. Nur mal kurz, für vierzehn

Tage oder drei Monate. Und nebenbei ist das halbe Volk ausgestorben, nur noch staubige Skelette in den Fahrstühlen. Und niemand ist da, der die entsorgt, alle tot, mausetot."

„Die haben große Scheinwerfer."

„Scheinwerfer leuchten bei Stromsperre besonders hell!", entgegnet Annemarie spöttisch.

„Wenn der Notstromgenerator das schafft, strahlen die Lampen wie eine Supernova."

„Eine Supernova ist eine riesige Explosion, gefolgt von einer Implosion, mein Freund. Da sieht man, dass du keinerlei Ahnung von Science-Fiction hast."

„Mich interessiert eher die Gegenwart, vielleicht die nahe Zukunft, der Moment, wenn wir aus diesem Gefängnis herauskommen", meint Manuel.

„Ich würde sogar noch ein wenig weiterdenken. An die Stunde danach. Wir sollten zusammen eine Pizza essen gehen."

„Das ist eine gute Idee. Hör bitte auf, vom Futtern zu reden."

„Wenn Männer Hunger haben … In Ordnung. Auf Essen kann man länger verzichten als auf Trinken. Ich glaube, alles in allem haben wir zwei Tage."

„Wir sind jung und gesund. Wir halten es drei Tage lang aus."

„Dann sind wir nicht mehr gesund, dafür jung gestorben … Nimmst du mich in den Arm, wenn wir sterben. Ich möchte nicht so lieblos abnibbeln."

„Mach ich. Es ist aber noch zu früh, um daran zu denken."

Manuel entledigt sich seiner Turnschuhe. Ihm ist warm. Schweiß steht auf seiner Stirn. Der Ventilator in der Kabinendecke schläft. Am liebsten würde Manuel auch das T-Shirt ausziehen. Er zieht die Beine an, damit die Füße, er glaubt, sie würden müffeln, etwas weiter weg von ihrer Nase sind.

„Wohin wolltest du überhaupt? Ich meine, wenn es dieser blöde Fahrstuhl bis in die neunte Etage geschafft hätte?"

„Zu einer Geburtstagsfeier."

„Die von Tobias?"

„Kennst du den?"

„Mein bester Kumpel. Wir haben schon im Sandkasten zusammen gebuddelt. Ohne den hätte ich alle Mathearbeiten verhauen. Dann wäre ich heute Straßenkehrer oder Müllmann."

„Zu Tobias wollte ich auch. Das ist ja ein Zufall! Die feiern da oben und wir hängen in diesem blöden Aufzug."

„Feiern würde ich das nicht nennen. Die feiern bei Kerzenschein. Lange halten sie nicht mehr durch. Ist schon kurz vor elf! Wollen wir sein Geburtstagsgeschenk auffuttern. Ich habe einen Fußball aus Schokolade für ihn besorgt. Tobias nascht doch so gern und Fußballfan ist er auch. Er wird es verkraften und uns rettet das." Manuel packt das Geschenk aus, als wäre es für ihn. Normalerweise reißt man so etwas auf, statt es genüsslich auszupacken. Jetzt zelebriert er das Auswickeln. Es hat ihm viel Mühe gekostet, das Teil halbwegs ansehnlich zu verpacken. Sie vertilgen das Präsent. Annemarie ist ihre Bikinifigur in diesem Moment gleichgültig. So viel Schokolade auf einmal hat sie seit ihrer Kindheit nicht mehr gefuttert.

„Henkersmahlzeit!", stellt Annemarie beiläufig fest. Sie hat nichts Essbares dabei und fragt, ob sich Manuel mit der Genießbarkeit von Blumen auskennt. Man könnte das Internet befragen, allerdings ist hier in der Kabine kein ordentlicher Empfang.

„Jetzt habe ich richtig Durst bekommen. Vielleicht war die Idee mit der Schokolade doch nicht so gut. Bestimmt läuft unser Haltbarkeitsdatum schon in ein-einhalb Tagen ab." Annemarie fällt in eine Art Starre.

„Ich habe gelesen, dass Eingeschlossene ihren Urin getrunken haben und deswegen nicht verdurstet sind", beginnt Annemarie die Unterhaltung erneut.

„Wie willst du das machen?"

„Weiß ich nicht. Ich bin nicht gelenkig genug. Außerdem ist das furchtbar eklig."

„Da gibt es zwei Möglichkeiten."

„Erzähl!"

„Du machst Kopfstand. Wenn du das nicht kannst, halte ich deine Beine oben fest und …"

„Abgelehnt."

„Dann müssen wir den Urin eben gegenseitig …"

„Du hast aber Einfälle!"

„Wenn es vor dem Verdursten bewahrt, sind blöde Einfälle besser, als keine Idee haben."

„Ja, das stimmt. Noch bin ich zum Glück nicht so ausgetrocknet, dass ich so etwas nötig habe."

„Es ist sinnvoll, sämtliche Möglichkeiten rechtzeitig durchzuspielen. Nachher ist man vielleicht schon etwas schwach mit dem Denken."

„Hier, nimm! Die macht mich ganz kirre. Alle zehn Minuten glotze ich drauf und denke, es müsse längst wieder eine Stunde um sein." Sie wirft Manuel ihre Armbanduhr hin, „Sag mir Bescheid, wenn eine Stunde rum ist." Er schaut sich die Uhr an und verstaut sie in der Hosentasche.

„Falls ich vergesse, sie zurückzugeben, melde dich einfach bei Tobias. Der lässt es mich dann wissen."

„Okay! Wie spät ist es inzwischen?"

„Die Stunde ist noch nicht um."

„Du bist gemein."

„Als in New York mal Stromsperre war", erklärt Annemarie, „gab es neun Monate danach einen richtigen Babyboom."

„Du meinst, wir sollten … Mir ist das hier zu unbequem. Und da oben hängt eine Überwachungskamera. Die in der Zentrale freuen sich, wenn die uns sehen. Wenn wir gerettet sind, könnten wir nach der Pizza …"

„So hatte ich das nicht gemeint. Ich glaube, ich brauche dann erst einmal Ruhe. Es dauert eine Weile, bis ich wieder bei Kräften bin." Manuel hat die Worte aufmerksam registriert. Er merkt gerade, dass ihm Annemarie gefällt. Er grübelt, ob die Kamera am Stromnetz für die Notbeleuchtung angeschlossen ist. Es könnte sein, andererseits muss mit dem Notstrom sorgsam umgegangen werden. Während dieser Gedanken vergeht wenigstens die Zeit ein wenig.

„Ich habe auch eine Überraschung für dich!", hatte Tobias in seiner Einladung zur Geburtstagsfeier geschrieben. Den Stromausfall kann er damit nicht gemeint haben. Könnte Annemarie diese Überraschung sein? Seinem Kumpel Tobias würde er das zutrauen.

„Worüber freust du dich?" Wahrscheinlich hat sie ihn beobachtet, als ihm Tobias' Überraschung durch den Kopf ging.

„Ach, nur so", entgegnet Manuel. „Ich dachte an unsere Rettung. In allerletzter Sekunde holt man uns hier raus. Während wir auf den Tragen vom Rettungsdienst liegen, die Notärzte zehn Infusionen an jeden Arm klemmen, um uns vor dem Koma zu bewahren, kommen Heerscharen von Reportern und wollen uns interviewen. Wir werden berühmt!"

„Dann lieber sterben."

„Es geht noch weiter. Sobald wir aus dem Krankenhaus entlassen sind, lädt man uns in alle Talkshows dieser Welt ein. Bei jeder bekommen wir die dicke Knete. In der zehnten Show gestehe ich dir auf Knien meine Liebe. Prompt müssen wir erneut in alle Talkshows und verdienen noch mehr Geld. Dann hast Du deine Millionen, wie in Amerika."

„Verzähl dich bitte nicht. Mein Ja-Wort erhältst du frühestens in der elften Talkrunde. Oder bist du Multimillionär? Dann könnte ich schon in der Fünften drüber nachdenken!"

Während sie über dies und das plaudern, geht das Licht an, das große, helle Licht. Es blendet regelrecht. Keine halbe Stunde später hören sie Stimmen von draußen.

„Wir sind in Kürze bei Ihnen!"

„Statt reinzukommen, sollten die uns lieber rausholen." Ein paar Minuten danach ruckelt der Fahrstuhl ganz langsam nach unten zur nächsten Etage.

„Gleich stürzen wir ab. Ich schreie dann. Nur damit dir das klar ist und du keinen Schreck bekommst." Die Kabine bleibt stehen. Sie hören Werkzeuge an der Tür und plötzlich geht sie auf. Mit einem flinken Satz ist Annemarie raus.

„Manu! Bring bitte meine Schuhe und die anderen Sachen mit. Ich gehe da nicht noch einmal rein." Manuel registriert, wie sie ihn anredet. Er schnappt sich alle Klamotten und steht dann auch im Hausflur. Sie sprechen kurz mit den Rettern und bedanken sich.

„Komm, wir gehen zu Tobias und gratulieren", schlägt Annemarie vor. Er kann ihr kaum die sechs Etagen hoch folgen. Sie klingelt Sturm, scheint es eilig zu haben.

„Spinnt ihr! Es ist halb Drei durch!", werden sie begrüßt.

„Happy birthday to you …", singt Annemarie und Manuel stimmt ein.

„Wo ist das Klo?" Annemarie wartet keine Antwort ab, öffnet die erstbeste Tür und steht in Tobias' Wohnzimmer.

„Da links ist es." Schon ist Annemarie verschwunden. Manuel hofft, dass es nicht lange dauert. Vorsichtshalber klopft er an die Tür und drängt zur Eile. Insgeheim hatte er sich bereits Szenarien ausgemalt, für den Fall, dass sich die Rettung länger hinauszögert. Wenigstens hätten sie keinen Kurzschluss verursachen können, zumindest solange die Stromsperre andauert.

Mit wenigen Worten erzählt er Tobias, was vorgefallen ist.

„Hast du etwas zu trinken und zu essen?"

„Ist viel übrig geblieben. Die sind recht schnell heimgegangen. Wir hatten nur eine Kerze. Und meine drei Taschenlampen … Die Batterien waren längst runter. Bei Dunkelheit hat es keinen Spaß gemacht. Der CD-Player lief ja auch nicht. Wir holen die Feier nach, im Sommer, wenn es lange hell ist, sicherheitshalber. Ach so, im Kühlschrank liegt eine Pizza."

„Reicht nicht!", lacht Annemarie.

„Wir haben auch Baguette und Flammkuchen, wenn ihr mögt, Kartoffel- und Nudelsalat, Gurken, Tomaten, ..."

„Hör auf! Das reicht!"

„Was ist denn hier los?" Manuels Freundin kommt total verpennt aus dem Schlafzimmer. Sie sitzen zu viert im Wohnzimmer und feiern noch ein Stündchen. Langsam erwachen die Lebensgeister in Annemarie und Manuel. Als die Frauen in der Küche eine Flasche Wein aussuchen, fragt Tobias:

„Erzähl, wie gefällt dir Annemarie?"

„Die Überraschung ...? Nicht schlecht! Wir hatten Zeit, uns kennenzulernen. Hab ihr eröffnet, dass mit einer Liebeserklärung von mir zu rechnen ist."

„Du gehst ja ran." Tobias ist überrascht.

„Wo ist sie?"

„Steht unter der Dusche. Ich habe sie eingeladen, bei uns zu schlafen. Du musst dir leider ein anderes Lager suchen, Schatz. Dein Bett ist dann belegt. Kannst ja mit Manuel auf dem Sofa campieren", erklärt Tobias' Freundin.

Der Morgen graut bereits.

Tanz der Puppen

Irgendwann hört jede Puppe auf, zu tanzen.

Samstage im Januar neigen dazu, langweilig zu sein. Dieser ist einer wie die Anderen - langweilig. Allerdings hatte niemand damit gerechnet, dass es so kalt wird. Der Winter war bisher eher ein verkappter Frühling. Nicht nur die Schneeglöckchen trauen sich, zarte Kontrapunkte zu setzen. Und nun dieses grimmige Russlandtief. Wenn es wenigstens etwas schneien würde.

Im Kloster ist es ruhig. Alle verzogen sich nach dem Mittagessen in ihre Zimmer. Niemand wird irgendetwas versäumen. Niemand lässt sich die Chance, ein Nickerchen zu machen, entgehen. Sie ziehen die Decke weit über die Ohren. In den meterdicken Klostermauern brodelt die Kälte, auch in einem bisher frühlingshaften Winter. Schon wenige Tage Frost zerstören alle Frühlingsgefühle und die Heizung versucht, mit ganzer Kraft dagegen anzukommen.

Babette Knüpper sitzt im Büro. Sie vertritt die Pastorin des Klosters, die sich bei einer Pilgerfahrt eine Auszeit gönnt. Die Predigt für den morgigen Gottesdienst benötigt noch einen letzten Schliff. Um Neun Uhr schlägt ihre große Stunde. Die Frauen und Männer einer Kirchgemeinde aus dem Südthüringischen - sie sind zu ihrer alljährlichen Klausur nach Donndorf gekommen - erwarten wie jedes Jahr eine ordentliche Predigt. Themen gibt es genügend, die liegen auf der Straße, die schwirren durchs Netz, keine Nachrichtensendung lässt irgendeines aus. Kurz nach Weihnachten, am Anfang eines Jahres sollte man die Zeit nutzen, in sich selbst und seine Wünsche hinein zu hören.

Babette hofft, dass auch einige der anderen Besucher des Klosters, den Weg in den Gottesdienst finden.

Ein richtiges Kloster ist es schon lange nicht mehr. Es fungiert als kirchliches Tagungszentrum, als Heimvolkshochschule für jedermann. Wer hierher kommt, geniest ein paar Tage der Abgeschiedenheit, der Ruhe, der Bildung, des kreativen Schaffens, des umsorgt seins. Manch einer möchte einfach mal etwas völlig anderes tun, Bewegung statt Bürostuhl, Fasten statt Völlerei und vor allem raus aus dem Alltag. Neben der Klausur der Kirchgruppe finden ein Yoga-Workshop und ein Fastenkurs statt.

„Fasten! Das ist nichts für mich!", denkt Babette, „Für Yoga bin ich nicht gelenkig genug." Sie bedauert und bewundert die Teilnehmer dieser Kurse. Anstelle des leckeren Gulaschs mit Nudeln und dem Dessert danach mussten sich die Leute vom Fastenkurs mit dünner Gemüsebrühe zufriedengeben. Und zum Vesper bekommen sie verdünnten Fencheltee. Babette freut sich schon auf den Schmandkuchen, spürt längst, wie sein Aroma ihre Geschmacksknospen umschmeichelt. Schließlich sah sie mit tropfendem Zahn der Kollegin in der Klosterküche beim Teigmachen zu. Das Rezept wird sie ihrer Großmutter zustecken.

Samuel Findig ist einer der ganz wenigen, die sich nicht unter der Bettdecke zusammengerollt haben.

„Schlafen? Mein Magen rumort so verrückt, da kann ich jetzt doch nicht schlafen." Die Gemüsebrühe hat eher den Appetit angeregt, den Hunger verstärkt. Das kommt davon, wenn man heimlich nascht, statt sich an den strengen Diätplan zu halten. Auch am vorletzten Tag dieser einwöchigen Entschlackungskur spürt er so etwas wie Hunger. Es fühlt sich inzwischen anders an und Samuel freut sich auf das „Brot danach". Er muss sich ablenken, Langeweile ist im Moment Gift für ihn. Dann kreisen seine Gedanken nur um eins: Essen! Samuel hat sich warm angezogen, schlendert durch den winterlichen Klostergarten. Der kommt derzeit etwas karg daher, wird im Frühjahr umso schöner anzusehen sein. Er umrundet die Kirche und spaziert den schmalen Weg zum alten Steintor hinab. Dabei muss er achtgeben, der Weg ist glatt. Unter dem Torbogen verharrt er und schaut zurück. Die Kirche leuchtet gelassen im Sonnenlicht, das Steintor strahlt winterliche Ruhe aus. Die hat es in vielen Jahrhunderten angesammelt. Samuel geht schließlich weiter, quert eine schmale Fahrstraße, steigt ins Tal hinab. Der Weg ist eng und steil. Er muss achtgeben. Unten kommt er an eine Wiese, in deren Mitte ein Teich liegt. Der wird von der Borntalquelle gespeist. Es ist ein kleiner Stau, der sich hinter einer Asphaltstraße in die Tiefe stürzt. Das Stürzen ist eher ein sanftes Plätschern über tausend Steine. Hier ist alles eine Nummer bescheidener als anderswo und ruhiger. Samuel mag diesen Ort, auch wenn er endlich wieder etwas Vernünftiges essen möchte. Ein Steak, ein großes am liebsten, eine Roulade mit Thüringer Klößen und Rotkraut, zur Not würde er mit einem ordentlichen Teller Gulaschsuppe zufrieden sein. Natürlich weiß er, dass er nach dieser Fastenwoche nicht gleich wieder so heftig zuschlagen darf. Seine Verdauung würde ihm das nicht verzeihen.

„Ich muss auch mal träumen!", tröstet er sich. Im Geheimen bewundert, nein beneidet er die Damen vom Yogakurs. Die tanzen wie die Puppen im Theater, haben Spaß und bekommen die volle Ration serviert. Er bezahlt die volle Kursgebühr fürs organisierte

Hungern. Zum Ausgleich quälen ihn die Leidensgenossen, fast nur Frauen, mit Tratsch über Kochrezepte und ausführlichen Beschreibungen ihrer momentanen Zustände. „Zustände" hat Samuel selbst genug!

Samuel geht langsam um den Teich herum. Ihn fröstelt. Seine Spuren sind auf der Reifschicht der Wiese gut zu erkennen. Der mehrtägige Frost hat die Wasserfläche zufrieren lassen. Die Eisdecke ist ungleichmäßig, stellenweise glatt, fast durchsichtig und dann trübe, rau und von Rissen durchzogen. Steine, halbverfaulte Äpfel der nahen Streuobstwiese, kleine Zweige und Äste liegen darauf. Und nahezu in der Mitte: ein knallroter Pumps mit abgeknicktem Absatz. Der Reif auf dem roten Lack wirkt bizarr, fast schön sogar. Samuel ahnt, dass hier ein gefragter Kinderspielplatz ist. An einer Stelle sieht er Spuren auf dem Eis, nicht viele. Es war wohl der Versuch, ob das Eis schon trägt. Gleich ist Samuel um den Tümpel herum, der ihm beinahe wie eine übergroße Pfütze vorkommt. Es ist windstill, ganz ruhig. Diese Wiese mit dem vereisten Teich unterhalb des Klosters hat etwas Friedliches. Samuel spürt nicht einmal das Grummeln in seinem Bauch. Ein kaum vernehmbares, heiser klirrendes Scheppern der Turmuhr der Kirche unterbricht - nur für den Bruchteil einer Sekunde - diese wundervolle Stimmung. Es ist Viertel nach eins. Samuel hat das im Gefühl. Er setzt seinen Weg um den See fort, so als wäre er die Erde und der Teich die Sonne, welche ihn seit Jahrmilliarden gefangen hält.

Samuel hat einen merkwürdigen Geschmack im Mund. Die mittägliche Gemüsebrühe kann es nicht sein. Es erinnert eher an ein Schlachtfest, wie er es als Kind auf dem Dorf bei seiner Großmutter erlebte, der Moment, wenn das Schwein abgestochen wird, das warme Blut in die Zinkwanne pulsiert. Er mochte das nie, ist immer rausgerannt. Wieso hat er diese fast vergessene Erinnerung jetzt als Geschmack auf der Zunge, zum Glück nur sehr unterschwellig?

Samuel bleibt stehen. Er weiß nicht, weshalb. Aber er musste stehenbleiben. Es kam aus seinem Innern, ein unwillkürlicher Reflex. Es war nicht dieses unangenehme Aroma. Er blickt sich um. Wieso verharrt er? Da war irgendetwas. Doch was? Und wo? Langsam, ganz vorsichtig, um ja nichts zu übersehen, geht Samuel ein paar Schritte zurück. Er schaut auf den Randbereich des Teichs, dorthin, wo die Reste vom Schilf des letzten Jahres in der Eisdecke stecken.

„Dort!" Samuel weiß, weshalb er stutzte, zurücklief. „Ein Arm." Ihm läuft ein Schauer über den Rücken. Er dreht sich um, stellt zufrieden fest, dass er alleine, dass niemand in der Nähe ist. Eine Hand und der Unterarm ragen schräg aus dem Wasser heraus, knapp drei Meter vom Ufer entfernt. Es scheint eine Frauenhand zu sein, schmal, feingliedrig, steifgefroren, einbetoniert im Eis. Eiskristalle an der Oberfläche bilden eine fast perfekte Tarnung. Trotzdem ist, bei genauem Hinsehen, der rote Nagellack an den Fingern deutlich erkennbar. Samuel tritt nah ans Ufer heran. Das Eis verzerrt das Bild vom Untergrund.

„Tatsächlich, ein ganzer Körper ist da drin. Der ist nackt." Samuel ist sicher, da liegt eine Frauenleiche im Wasser. Schreckliche Gedanken kreisen in seinem Gehirn, alle Krimis der letzten Jahre gleichzeitig. Er schaut weg, möchte nicht, dass sich dieses Bild in seinem Kopf festsetzt. Zu spät! Das kann nur ein Verbrechen sein! Bei solchem Wetter geht niemand freiwillig ins Wasser, kein Selbstmörder und nackt schon gar nicht!

„Sexualverbrechen!", hallt durch Samuels Kopf, „Es kann sich nur um ein Sexualverbrechen handeln!" Daran besteht kein Zweifel.

Er schaut sich noch einmal um. Dort ist der Weg, den er kam, dorthinauf eilt er. Er hat jetzt keinen Blick für das Steintor, er hastet hoch, schnauft, spürt das Pochen des Herzens. Der Hunger ist in Vergessenheit geraten. Es ist eine geistige Agonie. Elena und Paul, die zwei Vorbildlichsten aus dem Fastenkurs, kommen ihm händchenhaltend entgegen. Es scheint ihnen unangenehm zu sein, ihn hier zu treffen. Er stutzt einen Moment, hat jetzt wirklich keine Zeit für solche Attitüden, rennt weiter. Später wundert er sich. Die Elena, sie sieht aus, wie eine Tanzpuppe, hatte in der Vorstellungsrunde am Montag freudestrahlend von ihrer bevorstehenden Silberhochzeit, die sie mindestens fünf Kilogramm leichter feiern möchte, erzählt. Und der Paul könnte mit ein wenig Fantasie gar ihr Sohn sein. Sollte er die Beiden mal fragen, was läuft? Ach nein, das wird peinlich, das muss nicht sein. Und etwas Abwechslung im tristen Alltag des Fastens schadet ihnen sicher nicht. Hoffentlich schlendern die nicht zum Teich hinunter. Der Anblick, der sich dort bietet, könnte ihre Zweisamkeit trüben. Samuel ärgert sich, in seinem Kurs nicht rechtzeitig die Augen offengehalten zu haben. Jetzt am vorletzten Tag lohnt es sich nicht mehr. Morgen nach der obligatorischen Mittagsbrühe - oder gibt es wenigstens ein üppiges Abschiedsmahl - holt ihn Marita, seine Frau, ab. Ob sie ihn wiedererkennt?

Erst viel später staunt Samuel, auf dem Weg nicht ausgerutscht zu sein. Er läuft fremdgetrieben, wie im Rausch. Oder ist es ein Traum? Er biegt ab zur Verwaltung der Klosterschule. Keuchend öffnet er die schwere Holztür. Die ist echt, es ist kein Traum, da gibt es so massige Türen nicht. Das Büro im Erdgeschoss ist abgeschlossen. Er steigt hoch in die nächste Etage. Ohne zu klopfen versucht er, die Bürotür zu öffnen, hofft, die Pastorin zu treffen. Die weiß Rat, da ist sich Samuel sicher. Nicht wegen ihres direkten Drahts nach ganz oben, eher was jetzt zu tun ist. Die Polizei muss alarmiert werden.

Babette Knüpper sitzt an ihrem Schreibtisch. In einer Minute wären ihr die Augen zugefallen. Bis es Kaffee gibt, dauert es noch ein Weilchen, dabei würde ihr der in diesem Moment so guttun. Doch jetzt ist die Müdigkeit augenblicklich verflogen. Samuel steht schwankend in ihrem Büro, knallrot im Gesicht und japst nach Luft. Babette weiß sofort, was zu tun ist. Sie springt auf und stößt ihn regelrecht in den Sessel, welcher in der Ecke steht. Sie holt ein Glas, füllt es mit Wasser, reicht es Samuel. Das alles passiert in wenigen Sekunden. Es scheint Routine zu sein, ist eher der Schreck, der ihr in die Knochen gefahren ist.

„Ich rufe einen Arzt!", sagt sie und greift zum Telefon. Er hat es wohl mit dem Fasten übertrieben.

„Nein! Einen Arzt brauchen wir nicht mehr. Die ist längst mausetot. Rufen sie die Polizei."

„Die Polizei kann ihnen nicht helfen. Ein Arzt ist bestimmt sinnvoller."

„Nein, die Polizei. Es ist Mord - ganz schrecklich - da unten am Teich." Samuel ist nicht nur völlig ausgelaugt, von der Fastenkur und dem Gewaltmarsch hoch zum Kloster und dann die Treppe hier im Haus. Er ist total durcheinander. Sehr viel anders fühlt sich auch Babette nicht. Sie schenkt noch einen Schluck Mineralwasser für Samuel und sich nach, versucht, ihn zu beruhigen, und bittet, alles ganz langsam zu erzählen. Als Pastorin hat sie mal etwas von Psychologie gehört. Das ist lange her, aber sie erinnert sich noch gut. Und jahrelange Erfahrung hat sie in ihrem Beruf auch.

„Soll er reden, dann kommt er vielleicht wieder zu sich. Sicher ist ihm die Fastenkur nicht nur auf den Magen geschlagen." Babette mag diese Kurse überhaupt nicht, die sind ihr irgendwie unheimlich. Stattdessen sollte man vernünftige Kochkurse, ihretwegen „Kochen und Volkstanz", auf keinen Fall aber diese neumodischen, veganen Ernährungskurse ins Programm nehmen.

Babette zweifelt an dem, was Samuel erzählt. Er lässt sich nicht davon abbringen. Sie möchte ihn am liebsten in sein Zimmer schicken, damit er mal ein Stündchen schläft. Dann kommt er wieder zu sich.

„Notfalls hilft ein Schokoriegel!" Sie würde es der Leiterin vom Fastenkurs nicht verraten.

„Nun rufen sie endlich die Polizei! Wenn sie mir nicht glauben, können wir ja zusammen zum Teich runtergehen!" Das möchte Babette wirklich nicht. Es muss ja nicht zum Äußersten kommen. Diesen Donnerteich, wie ihn die Einheimischen scherzhaft nennen, mochte sie noch nie.

„Und wenn da tatsächlich eine Leiche ist, eine nackte!" Notgedrungen sucht Babette die Telefonnummer der Polizei im Telefonbuch.

„110", sagt Samuel. Er kann inzwischen wieder halbwegs klare Gedanken fassen, im Gegensatz zu Babette, der es zunehmend schlechter geht. Wenn nur dieses ständige Rumoren in seinem Bauch nicht wäre. Er vermutet, dass die Magenwände aneinander reiben.

„Da fehlt die Schmierung!"

Babette Knüpper schaut auf die Wanduhr. Längst müsste sie im Speisesaal nach dem Rechten schauen. Die Zeit für Kaffee und Kuchen ist beinahe vorüber und die Gäste erwarten sicherlich, dass sie auftaucht, einige freundliche Worte sagt. Hoffentlich sind ein paar Stück, wenigstens eines, von diesem wundervollen Schmandkuchen übrig geblieben. Sie hat es sich verdient!

„Wenn der Chef davon Wind bekommt - Oh Gott!", Babette möchte nicht daran denken. Sie überlegt, ob sie ihn informieren sollte. Der ist zu Hause, bei seiner Frau und sitzt sicher am Kaffeetisch. Schon wieder denkt Babette an den Schmandkuchen. Wenn ich ihn jetzt anrufe und es ist ein Fehlalarm? Dann lachen mich alle aus.

„Darauf warten die doch nur! Und wenn es echt ist? Ach, der Chef soll erst einmal in Ruhe seinen Kuchen futtern."

„Kuchen futtern." Da ist er wieder, dieser verflixte Gedanke. Jetzt kann Babette Knüpper hier nicht weg. Jeden Moment könnte die Polizei eintreffen. Hoffentlich kommen die nicht mit tatütata! Die erschrecken doch alle Gäste.

„Haben wir überhaupt genügend Parkplätze?" Sie schaut aus dem Fenster.

„Das wird knapp. Hier unten sind nur drei Plätze frei. Da müssen die eben überall kreuz und quer parken. Die Polizei darf das. Es ist schließlich ein Notfall." Babette Knüpper ärgert sich. Normalerweise wäre sie jetzt zu Hause, würde auf ihrer Couch sitzen, hätte eine Kanne Tee vor sich stehen, ein Stück Kuchen auf dem Teller und würde fernsehen. Vor drei Tagen ist ihre Kollegin überraschend Großmutter geworden und da hat Babette Knüpper natürlich gerne ihren Wochenenddienst übernommen.

„Hätte das Kind nicht eine Woche warten können! Das war sowieso erst in vierzehn Tagen fällig!"

Es klopft, plötzlich, unerwartet, schüchtern. Babette nimmt das zuerst gar nicht wahr. Dann ruft sie:

„Herein bitte!" Die Gäste sind doch sonst nicht so zurückhaltend, wundert sie sich.

Ein Mann, knapp zwei Meter in jeder Richtung, einer mit Anzug und Krawatte unter dem weit offenstehenden Lodenmantel, tritt ein. Das ist kein Gast der Klosterschule, so läuft hier niemand herum. Wenn er wenigstens den Knopf vom Sakko aufmachen würde, der reißt gleich ab und saust womöglich wie eine Pistolenkugel quer durch ihr Büro.

„Pistolenkugel? Der ist von der Polizei!", schießt es Babette durch den Kopf. Dann bemerkt sie die zierliche Frau, zierlich zumindest im Gegensatz zu dem Herrn, bei genauer Betrachtung eine gut aussehende junge Dame. Sie ist modisch gekleidet, trägt eine ordentliche Frisur. Hinter dem Kleiderschrank von Mann fällt sie kaum auf.

„Moin!", sagt der Herr, die Dame ist mit ihrem Gruß der Tageszeit angemessener. Er stellt sich vor:

„Kriminalhauptkommissar Rüdiger Schneller. Das ist meine Assistentin, Frau Kriminalmeisterin Sylvia Pfiffig. Was gibt es? Eine Leiche?" Babette Knüpper erläutert den Fall. Wohl ist ihr dabei nicht. Sie nimmt es selbst in die Hand, dem Herrn Kriminalkommissar die Lage zu schildern, schließlich ist sie heute die Chefin im Hause. Der Kommissar verzieht das Gesicht, scheint in der ihm heiligen Wochenendruhe gestört worden zu sein.

74

„Wenigstens ein ernsthafter Fall, Mord sicherlich, nicht so ein lausiger Zigarettendiebstahl an der Tanke wie letztes Wochenende." Die Dame macht Notizen, kann unglaublich schnell schreiben. Dann bitten sie Samuel, den Herrn Kriminalkommissar zum Fundort der Leiche zu führen.

„Kriminalhauptkommissar, bitte sehr."

„Entschuldigung, ich kenne mich da nicht so aus. Hatten sie nicht Kriminalmeister gesagt?"

„Ja, die Kollegin Pfiffig ist Kriminalmeisterin. Die hat ihre Karriere noch vor sich. Unter meinen Fittichen ist sie in guten Händen." Die Frau winkt gelassen ab, ohne dass Schneller es sehen kann und so als wolle sie sagen:

„Lassen sie ihn reden, den nimmt sowieso niemand ernst!"

Endlich hat Babette ein wenig Ruhe. Die braucht sie auch. Sie ist froh, nicht mit zum Teich zu müssen. Sie beschließt, einen gemütlichen Rundgang durch die Klosterschule zu machen, der ist längst fällig. Als Erstes will sie in der Klosterküche vorbeischauen. Sie nimmt sich vor, im Moment mit niemandem über den Fall zu reden.

Der Kuchen war wirklich gut. Allerdings hätte sie gerne ein zweites Stück gegessen. Ausgerechnet heute ist nur dieses eine Stückchen, noch dazu ein Eckstück, übrig geblieben. Oder haben die Küchenfrauen ihren eigenen Kuchen gefuttert? Auch sonst gibt es in der Schule keine Auffälligkeiten. Alle gehen ihren Aufgaben nach. Die vom Yogakurs haben all ihre Schuhe vor den Turnraum ordentlich in eine Reihe gestellt. Babette öffnet das Fenster vom Treppenhaus. Im Seminarraum nebenan diskutieren die Herrschaften der

Kirchengemeinde. Man hört sie bis auf den Flur. Die lassen wohl die Puppen tanzen! Da schaut sie lieber nicht hinein. Ruhiger geht es bei der Fastengruppe zu. Dort ist die Stimmung etwas gedrückt, obwohl sich die Kursleiterin viel Mühe gibt, ihre Schäfchen mit den neuesten wissenschaftlichen Erkenntnissen zur gesunden Ernährungsweise aufzumuntern.

Babette Knüpper kehrt zufrieden in ihr Büro zurück. Sie wartet. Sie wartet nun seit einer Stunde, sie macht sich Sorgen. Wenn es so lange dauert, bis die vom Teich retour sind, hat das etwas zu bedeuten.

Babette Knüpper ahnt, dass der Tag noch lang sein wird.

„Vielleicht wurde eine der Damen aus dem Fastenkurs gekidnappt und …" Das Wort „abgemurkst" denkt sie lieber nicht, „Da ist eine gar nicht erst angereist. Ist die bereits am Montag, bevor sie sich anmelden konnte, zum Mordopfer geworden? Oh Gott, dann liegt die ja schon fast eine Woche in dem eisigen Wasser. Aber weshalb wurde sie umgebracht? Ein Lustmolch, hier in Donndorf? Unvorstellbar!" Außer dem Böller im Bushäuschen am letzten Silvesterabend ist hier noch nie etwas passiert. Na gut, vor zwei Jahren gab es einen Verkehrsunfall auf der Hauptstraße vor dem Ort, einen mit drei Schwerverletzten, drei ausgebüxten Schafen vom Bauern Knesebrüll. Der beteiligte Vierzigtonner hatte nicht einmal eine Beule. Sie geht hinunter in die Anmeldung. Dort liegt für jeden Kurs eine Akte. Vielleicht findet sie darin eine Telefonnummer.

„Hallo! Guten Tag, erreiche ich bei Ihnen die Frau Simone Kaluschke?", wenigstens eine Handynummer stand auf dem Anmeldebogen. Allerdings meldet sich eine Männerstimme.

„Wieso? Wer sind sie?" Babette Knüpper bemerkt erst jetzt, dass sie sich in ihrer Aufregung nicht einmal vorgestellt hat. Schnell holt sie das nach.

„Warum wollen sie das wissen?" Babette versucht, ohne Einzelheiten zu nennen, klarzumachen, dass es um einen Kriminalfall geht. Im Hintergrund hört sie eine Frauenstimme fragen, wer denn dran ist.

„Nein, die Dame kenne ich nicht." Babette wundert sich. Sie erwähnt, dass möglicherweise die Polizei noch einmal nachfragen wird, schließlich war diese Handynummer auf der Anmeldung zum Fastenkurs angegeben und Frau Kaluschke könnte unter den Opfern sein. Sie befürchtet, dass er der Mörder ist - so wie der mit ihr spricht. Woher hat er überhaupt das Handy? Ist alles höchstverdächtig.

„Sie haben etwas viel Fantasie", entgegnet der Angerufene barsch. Offensichtlich nimmt nun die Frau aus dem Hintergrund das Handy in die Hand.

„Was ist passiert?" Babette erläutert den Fall noch einmal.

„Sagen sie der Polizei, dass es mir gut geht und ich kein Opfer bin."

„Na ja, die wollen natürlich genau wissen, wieso sie nicht zum Fastenkurs gekommen sind. Sie haben sich doch erst zwei Tage vor Beginn angemeldet, den letzten freien Platz haben sie gerade noch ergattert, nur weil eine abgesagt hatte. Vielleicht kommt sogar ein Beamter bei Ihnen persönlich vorbei. Man weiß das nicht, die Vorschriften - Sie wissen ja."

„Frau Knüpper! Bitte sorgen sie dafür, dass kein Beamter kommt, keiner. Ich bin nämlich nicht zu Hause und mein Mann … Mein Mann darf wirklich nicht erfahren, dass ich …" Babette Knüpper ist einen Moment lang verwirrt. Dann ist ihr dieser Fall klar, wenigstens dieser Fall und sie weiß, dass es Frau Simone Kaluschke sehr gut geht. Nachdem sie aufgelegt hat, ärgert sie sich, dass sie die Stornogebühr nicht erwähnt hat. Bei Nichtanreise ist immerhin der gesamte Preis fällig. Bei einem Kurs, der die ganze Woche läuft, kommt ein nettes Sümmchen zusammen. Schließlich gibt es Vollverpflegung, zu jeder Mahlzeit Gemüsebrühe. Die hätte garantiert ohne Wimpernzucken gezahlt, nur damit ihr gehörnter Ehemann keinen Wind von der Sache bekommt.

„Und außerdem hätte ich der Dame ja mal ins Gewissen reden können. Die kennt wohl nicht einmal die zehn Gebote! Die lernt doch jedes Kind in der Grundschule." Für einen Augenblick erwacht die Pfarrerin in ihr.

„Mindestens drei Leichen! Alle nackt! Und ein Kopf, ein Bein und zwei einzelne Arme sind ebenso zu erkennen. Bestimmt liegt da noch mehr Kram herum. Ich habe schon beim LKA angerufen." Babette Knüpper ist schockiert.

„Das ist kein Kram! Das sind Menschen, Tote, ich bitte mir Respekt aus!", sagt sie mit allerletzter Kraft. Babette Knüpper ist sprachlos. Das kommt nicht oft vor. Genaugenommen kann sich in der ganzen Klosterschule niemand erinnern, dass es so etwas jemals gab. Aber sie ist ja auch nur die Vertretung. Sonst hat sie immer einen netten Spruch auf Lager. Das ist sie ihrer Position als Pastorin schuldig.

„Jeder Mensch braucht Zuspruch!", ist ihr Lebensmotto. Und daran hält sie sich normalerweise. Doch dieser Fall ist nicht normal.

„Wann kommen die?", fragt sie schließlich.

„In einer Stunde etwa. Ob die heute noch was machen können, glaube ich nicht. Es wird schon dunkel. Dunkel und kalt ist keine gute Kombination. Vielleicht bringen die vom LKA am Montag auch einen Taucher mit großem Besteck mit." Babette versteht kein Wort. Sie müsste sich doch jetzt erst einmal um Samuel Findig kümmern. Der sitzt wie ein Haufen Unglück im Sessel.

„Der hat bestimmt Hunger! Mist! Der Kuchen ist alle. Aber bald gibt es Abendbrot. Ach so, der kriegt ja nur Gemüsebrühe, ohne Salz. Und in die Kirche müsste ich auch mal dringend. Ob Herr Findig mitkommt?" Sie bittet den Kriminalkommissar, alles der Reihe nach zu erzählen.

„Wann kommen die vom LKA, in einer Stunde oder am Montag?"

Sylvia Pfiffig, die Kriminalmeisterin, übersetzt das Kauderwelsch ihres Vorgesetzten:

„Die aus Erfurt vom LKA erscheinen frühestens Montagmittag. Da arbeitet doch keiner am Wochenende. Der Chef meinte unseren Kollegen Krüger. Der ist im Tauchklub von Heldrungen. Vielleicht kann der mal nachsehen, was in dem Tümpel los ist. Die Bergung übernimmt auf jeden Fall die Tauchergruppe vom LKA. Und die Spusi kommt auch. Das kann dauern, die ist gerade an einem anderen Fall im Nachbarkreis dran."

Babette Knüpper schickt Samuel Findig in sein Zimmer. Er soll sich ausruhen. Morgen wird er bestimmt wieder gebraucht, für eine Aussage. Und seine Klappe soll er halten. Sicherheitshalber sagt sie nicht, dass er sich auch etwas stärken sollte. An die Brühe erinnert er sich auch von alleine oder auch nicht. Das ist wahrscheinlich völlig egal.

Sie ordert eine Kanne Kaffee in der Klosterküche.

„Und drei Tassen bitte, ich habe Besuch, ist dienstlich." Während sie auf den Taucher warten und Kaffee trinken, wird kein Wort gesprochen. Sylvia Pfiffig blättert im Jahresprogramm der Klosterschule.

„Vielleicht sollte ich mich mal zu einem Fastenkurs anmelden, am Besten jetzt gleich nach Weihnachten!", sagt sie schließlich. Dabei schaut sie ihren Chef an. Der hat nicht einmal ein Grinsen für sie übrig. Babette Knüpper nickt sachte. Ihr ist das im Moment egal. Das Beste wäre, es gäbe einen Knall und alles wäre vorbei, so wie ein Traum in dem Moment, wenn der Wecker läutet. Sie spürt das ganz dringende Bedürfnis, in ihre Kirche zu gehen.

„Frau Knüpper, wo ist denn …"

„Eine Etage tiefer."

„Haben Sie eine Tiefkühltruhe?", fragt Kommissar Schneller plötzlich. Babette nickt.

„Die von der Küche haben im Lebensmittellager zwei Tiefkühlschränke stehen." Sie wundert sich über diese Erkundigung und schaut Schneller fragend an.

„Wir müssen die Leichen bis Montag zwischenlagern. Die von der Patho sind am Wochenende doch nicht im Dienst." Augenblicklich erstarrt Babette. Es entsteht eine Ruhe im Raum, wie sie sonst erst in zehneinhalb Lichtjahren Entfernung von der Sonne, mitten im Universum anzutreffen ist.

Als Frau Pfiffig den Raum betritt, ahnt sie sofort, was geschehen ist. Es scheint nicht das erste Mal zu sein, dass der Chef ihre Abwesenheit ausnutzte.

„Sie haben wieder ihren schäbigen Polizistenwitz gerissen, Kollege Schneller?", unterbricht sie diese

Stille. Wie die Eruption einer Supernova erscheint in diesem Moment das schadenfrohe Gelächter Schnellers. Allerdings erstirbt es unter den entsetzten Blicken der beiden Frauen augenblicklich.

„Tschuldigung!", raunt Schneller in die Runde und ahnt, dass es mit seiner Kollegin noch ein Nachspiel geben wird.

Irgendwann, nach knapp zweieinhalb Stunden, Babette hatte gerade gebeten, dass die Damen aus der Küche etwas zu Essen bringen, kommt der Taucher an. Die Küchenfrau hat so komisch geguckt, als sie alles brachte.

„Immer diese Sonderwünsche!", hat sie bestimmt gedacht. Gesagt hat sie nichts. Seitdem Babette dieser Kollegin mal vor dem ganzen Team ins Gewissen geredet hat, weil die laut „Gottverdammte Scheiße!", gerufen hatte, aber nur, weil sie in der Küche gestolpert war und ihr dabei eine Zehnerpackung Eier aus der Hand fiel. Die Ausrede

„Hätte ich gewusst, dass sie in der Tür stehen, dann hätte ich natürlich nichts gesagt.", ließ Babette nicht gelten. Jedenfalls ist ihr Verhältnis seitdem ein klein wenig angespannt. Die eine denkt, „So etwas sagt man wirklich nicht!", die andere meint, „Die soll sich nicht so haben!" Zum Glück ist Babette Knüpper nur vertretungsweise, also ein- oder zweimal im Jahr für ein paar Wochen im Kloster tätig. Allerdings hatte die hauptamtliche Pastorin dieses gespannte Verhältnis anfangs geerbt. Pragmatisch hat sie sich mit der Kollegin solidarisiert.

„Wenn so ein Fluch kommt, dann lass ihn einfach raus. Beginnt er stattdessen, in deinem Kopf zu gären, wird es nur noch schlimmer. Da kann dir der Herr auch nicht mehr helfen, guckt dich vielleicht sogar schief an. Benutze bei der nächsten Packung Flugeier mal ein anderes Schimpfwort - zur Abwechslung." Und zum Geburtstag schenkte sie ihrer Kollegin mit verschmitztem Lachen das „Lexikon der Flüche". Babette Knüpper hat davon nichts mitbekommen.

Der Ober- oder Haupt- oder sonstige Kommissar bestand auf Tee, keinen Kräutertee, schwarzen Tee mit viel Zucker. Babette brauchte ihre ganzen Überredungskünste, die Bestellung aufzugeben. Ein Bier wäre dem Kommissar jetzt lieber, sagt er, doch er ist im Dienst.

Der Taucher, ein Herr Krüger, ist eine etwas merkwürdige Figur. Einen Kriminalkommissar vermutet man in ihm am wenigsten. Er vermittelt trotz unübersehbarer Geheimratsecken den Eindruck eines Endzwanzigers. Im Gegensatz zu Schneller ist er sehr klein und dünn. Sein ovales Gesicht ziert ein gezwirbelter Bart, an den Armen sieht man aufwendige Tattoos. Trotz der kalten Jahreszeit trägt er ein kurzärmliges T-Shirt. Die Lederjacke hat er schon im Hereinkommen abgelegt. Im linken Nasenflügel und der Unterlippe stecken Piercings. Alles in allem eine perfekte Tarnung für die Undercoverarbeit eines Kriminalisten, wenn er nicht solch ein kleiner Wicht wäre.

Das T-Shirt ist zwei Nummern zu klein, es reicht nicht einmal bis zum Hosenbund. Das ist in Anbetracht der Größe von Krüger bemerkenswert. Auch die Hose ist oben zu kurz, der Schritt hängt zwischen den Kniekehlen. Nur der Gürtel hält sie - geradeso. Vorn prangt ein praller Bauchnabel hervor. Die Hinteransicht ist nicht sehenswerter. So steht der Typ als Polizeibeamter in Babettes Büro. Babette ist - vorsichtig ausgedrückt - etwas irritiert. Findig bemerkt es. Auch sie fühlt sich bei diesem Anblick nicht wohl.

„Wie siehst du denn aus?"

„Bin privat hier, bin nicht im Dienst. Da kann ich rumlaufen, wie es mir gefällt." Findig meint dagegen, dass er als Polizist erschienen ist und deswegen eine Amtsperson sei, deren Auftreten angemessen sein sollte. Ihren Hinweis, dass es Winter wäre, kontert er gelassen.

„Ja, ich mag den Winter. Man sieht wenigstens, wo man hingepinkelt hat." Während sich Schneller zu amüsieren scheint, erläutert Findig mit strafendem Blick, was Krüger tun soll.

„Ach so, das kennt man Sex an ungewöhnlichen Orten: Hannover, Bielefeld und nun im Dorfteich von Donndorf. Das kann nicht gut gehen."

„Herr Krüger! Benehmen sie sich!" Es stellt sich heraus, dass Krüger heute seinen denkbar schlechtesten Tag hat. Am Vormittag war er mit der Freundin in der Stadt, hat sie beim Friseur abgesetzt und ist dann zwei Stunden lang durch das große Technikkaufhaus gebummelt. Der Friseurbesuch der Gefährtin ist, nach seinem Dafürhalten, völlig daneben gegangen.

„Es war eine Katastrophe. Ich hab gesagt, verlang dasselbe noch einmal, aber diesmal bitte in schön. Es war zwecklos. Was sind das für Leichen?" Die Gedankensprünge von Krüger sind grandios. Findig fasst ihre Eindrücke ein zweites Mal zusammen.

„Alles klar!"

„Kollege Krüger!", wendet sich Schneller an den Taucher, „Kollege Krüger trinken sie einen Tee. Wenn ihnen dieses saukalte Wasser dann bis zum Hals steht, werden sie froh sein, etwas Heißes im

Bauch zu haben. Ich möchte da nicht rein. Haben sie eine Axt mit, da ist Eis drauf."

„Ist es so dick, sind sie mal draufgegangen?"

„Ich bin doch nicht verrückt. Ich hatte erst letztes Jahr einen Arbeitsunfall. Da ist mir das Messer von dem Posulke auf den Fuß gefallen. Sie wissen doch, der Posulke, der seine Alte umgebracht hatte. Acht Wochen lang war ich krankgeschrieben. Na wenigstens musste ich mich da nicht auch noch um den Bankraub kümmern."

„Sie meinen den, wo die Kassiererin den Ganoven mit der Teekanne niedergestreckt hat?"

„Ja, den. Ist die Kassiererin später freigesprochen worden?"

„Gerade so. Das Gericht meinte, sie hätte erkennen müssen, dass der Typ eine Wasserpistole aus dem Spielzeugladen auf sie gerichtet hatte. Da war das mit der Kanne ein wenig überzogen. Da sie ansonsten nichts auf dem Kerbholz hatte, kam sie fast ungeschoren davon. Ich glaube, die musste sich nur an dem Kosten für ein neues Gebiss beteiligen."

Die drei von der Kripo machen sich auf den Weg. Das ist die Gelegenheit für Babette Knüpper mal fix in die Küche rüber zu rennen und um Verpflegung für die Nacht, mindestens für fünf Leute zu betteln.

„Geht auf die Kostenstelle vom Chef!", sagt sie, um ihrer Bitte etwas Nachdruck zu verleihen. Ja, den Chef muss sie jetzt unbedingt anrufen, das steht fest.

Auf der Treppe vor dem Verwaltungsgebäude sitzt Schneller.

„Herr Kommissar!" Babette Knüpper ist bass erstaunt. Weiter kommt sie nicht.

„Herr Kriminalhauptkommissar bitte. So viel Zeit muss schon sein. Wo bleiben sie denn? Ich bin schwer verletzt." Noch mehr Katastrophen verkraftet die Pastorin nicht. Es ist zum Glück nur ein verstauchter Fuß. Schneller ist auf der Treppe, die hinunter zum Teich führt, ausgerutscht. Wenn solch ein Fleischberg ins Rutschen kommt, ist der nicht mehr zu bremsen.

„Das sind auch keine ordentlichen Schuhe, die sie anhaben. Hat die Polizei keine Uniformen und Dienststiefel für Sie?"

„Wir tragen zivil, sind quasi inkognito." Babette macht im Waschraum ein Handtuch nass und reicht es Schneller zum Kühlen seines Fußes.

„Schon wieder ein Unfall im Dienst. Mir bleibt auch nichts erspart. Fünf Wochen schreibt mich mein Arzt bestimmt krank. Na dann brauche ich mich wenigstens nicht um diesen Fall zu kümmern."

„Ich denke, das LKA übernimmt das?"

„Ach die, die machen sich ihre Fingerchen nicht dreckig. Die sagen nur, was wir tun sollen und wundern sich, dass sie nie einen Täter finden. Wenn wir da nicht heimlich selbst aktiv werden, klären die nie einen Fall auf. Nur die Prämien kassieren die immer persönlich."

Nach einer halben Stunde kommen Pfiffig und Krüger unverrichteter Dinge zurück.

„Ist zu dunkel. Wir brauchen Licht. Vielleicht kann die freiwillige Feuerwehr mal aushelfen. Ich habe eben angerufen. Die sind in einer Stunde hier, wenn sie einen finden, der die Kiste steuern kann. Der Fahrer liegt gerade im Delirium - ist vor ein paar Tagen Vater geworden."

„Das ist der Sohn meiner Kollegin, derentwegen ich heute Dienst schieben muss!", steht für Babette Knüpper fest.

Irgendwann, Babette hat das Zeitgefühl verloren und eine Uhr trägt sie seit Jahren nicht - aus Prinzip - kommt die Feuerwehr. Die Kollegen der freiwilligen Feuerwehr lassen es sich nicht nehmen, mit der nötigen Präsenz vorzufahren. Dabei liegt der Stützpunkt der örtlichen Feuerwehr gerade mal hundertfünfzig Meter vom Verwaltungsgebäude der Klosterschule entfernt, fast noch auf deren Gelände. Der Zustand von Babette nähert sich wegen dieses Sirenengeheuls einem weiteren Tiefpunkt.

Allerdings gibt es, als Babette vor die Haustür tritt, gleich den nächsten Schock. Aus dem Feuerwehrauto steigt ihr Chef! Woher der wohl Wind von der Sache bekommen hat? Sie hatte vor Aufregung immer wieder vergessen, ihn anzurufen. Und wieso trägt der plötzlich eine Feuerwehruniform? Ist der bei der freiwilligen Feuerwehr? Der lässt doch auf allen Hochzeiten die Puppen tanzen! Bestimmt hat er einen mächtigen Schreck bekommen, als er zu einem Einsatz im Kloster gerufen wurde.

„Au backe!"

„Am Montag reden wir ein ernstes Wörtchen miteinander!", sagt er nur und dirigiert die Feuerwehr die Straße hinunter zum Teich. Der Kleinwagen vom Taucher zuckelt hinterher. Währenddessen fährt Kriminalmeisterin Pfiffig ihren schwer verletzten Obermufti nach Hause.

Zwanzig Minuten später ruft der Chef an. Das Notstromaggregat will einfach nicht anspringen. Da nützt der beste Scheinwerfer nichts. Babette Knüpper soll mal nach einem Verlängerungskabel suchen.

„Geht das von der Stehleuchte hier im Büro?"

„Wie lang ist das Kabel?"

„Hm, ziemlich lang, das hat noch eine Schlaufe unterm Schreibtisch, bestimmt drei Meter."

„Ach, ich brauche eine Leitung, die vom Teich mindestens ins nächste Haus reicht, hundertfünfzig Meter, besser zweihundert, meinetwegen auch dreihundert Meter!" Er schreit, er betont jedes einzelne Wort, sodass es wie ein Befehl barsch herüber kommt. Babette fängt augenblicklich an, zu heulen.

„Babette!", er redet sie plötzlich mit dem Vornamen an, „Babette, nun hören sie bitte auf, zu weinen! Es war nicht böse gemeint. Wir haben es sehr eilig. Und es ist furchtbar kalt. Der Taucher steht schon in seiner Badehose bereit. Wo könnten wir denn solch ein Kabel haben?"

„Vielleicht in der Werkstatt vom Hausmeister", schluchzt Babette Knüpper, „Braucht der für den Rasenmäher oder den Schneeschieber nicht solch ein langes Kabel?"

„Nein, das läuft alles mit Benzinmotor", er überlegt einen Moment und kommt dann zu dem Ergebnis, dass sie solch ein Verlängerungskabel sicher nicht haben, „Mist!" Nach einer weiteren halben Stunde ist die ganze Bagage zurück. Der Chef verkündet:

„Morgen um Zehn geht es weiter. Ohne Licht hat es keinen Zweck! Wir haben ein Absperrband um den Tümpel gewickelt, damit niemand an den Tatort herankommt."

Noch während er das erklärt, klingelt das Telefon.

„Kloster Donndorf, Heimvolkshochschule, sie sprechen mit Babette Knüpper", meldet sich die Pfarrerin routinemäßig.

„Ja, … Hm, ja, da ist was, … ja, die Feuerwehr, die fährt wieder weg, … Hm, … ja, der ist da, … Moment bitte." Babette hält mit einer Hand die Sprechmuschel zu und wispert zum Chef:

„Die Presse, ein Herr Puppmann oder so ähnlich vom ‚Thüringer Tagesecho', der will ein Interview mit Ihnen."

„Ich bin nicht da und für diesen Puppmann schon gar nicht. Der hat neulich geschrieben, dass unser Essen nicht gut wäre, nur weil es gerade Eintopf zu Mittag gab, als er hier war. Mit solch einem verwöhnten Muttersöhnchen spreche ich doch nicht." Der Chef ist wütend und das hört man drei Meilen gegen den Wind, selbst bei verschlossenen Fenstern.

„Hören sie, Herr Puppmann? Der Chef … ja, Entschuldigung, das hat er bestimmt nicht so gemeint! Wir haben etwas Stress im Moment. Nein, … Ja, …, Ja, … bestimmt, … Nein, heute nicht mehr, er fährt jetzt nach Hause, ..., danke! Auf Wiederhören!"

„Was meinte er?"

„Er hat mitbekommen, was sie sagten. Er kommt jetzt her und will mit ihnen sprechen. Notfalls auch mit mir. Aber ich schließe mich ein, mit dem will ich nichts zu tun haben."

„In Ordnung, ich bleibe hier. Wenn er das sagt, kommt der Typ tatsächlich. Im Fall der Fälle interviewt er jeden einzelnen Kursteilnehmer persönlich. Wenn die von der Klausur der Kirchgemeinde das mitbekommen! Unvorstellbar! Die Pressetypen sind wie die Krätze, die kriegt man nicht los und die vermehren sich wie die Karnickel!"

„Aber Chef!"

Während Polizei und Feuerwehr für heute fortfahren, geht Babette Knüpper in ihre Kirche. Das muss jetzt sein, das duldet keinen Aufschub, das braucht sie. Sie hört auch nicht, wie ihr der Chef hinterherruft:

„Bringen sie mir bitte eine Kanne Kaffee mit!" Sie will es nicht hören. Als sie zurückkommt, merkt sie, dass der Chef Besuch in seinem Büro hat, mehrere Leute. Die unterhalten sich angeregt, lachen laut.

„Was gibt es jetzt zu kichern?"

Babette schleicht die knarrende Treppe in ihr Zimmer hoch. Für heute hat sie genug, für heute reicht es. Allerdings ist sie sicher, nicht einschlafen zu können. Sie geht zu Bett. Das Buch, welches sie gerade liest, legt sie schnell wieder weg. Sie kann sich nicht konzentrieren, denkt andauernd an die armen Frauen, die da unten im Teich eingefroren sind. Sollte sie einfach mal dorthin gehen, ein Gebet für sie sprechen? Mitten in der Nacht. Dann fällt ihr ein, dass die Täter oft an den Tatort zurückkehren. Nein, das Gebet kann sie auch hier sprechen oder morgen, wenn die Polizei da ist. Andererseits, was kann dieser Verbrecher schon anrichten? Es ist ja ein Absperrband gespannt.

Dann hört sie ein Knacken, alle halbe Minute knackt es irgendwo in diesem alten Haus. Es ist eine Mischung aus Knacken und dem Geräusch eines dicken Tropfens, der auf ein Blechdach fällt. Es kommt aus dem Hausflur, nein, es knackt draußen. Es kann aber auch in der Decke sein. Es ist ein ganz gemeines Geräusch. Babette meint, sie wäre fast eingeschlafen und nur von diesem Knacktropfen wieder erwacht. Sofort sind die Gedanken an die Gräueltat in ihrem Kopf. Die gehen einfach nicht heraus. Als das Knacken einmal aussetzt, ist es ganz vorbei mit dem Einschlafen. Sie zählt die Sekunden zwischen den Geräuschen. Fehlt eines, macht sie sich Sorgen. Inzwischen steht für sie fest, das ist ein Gespenst, ein mordsmäßiges Gespenst. Sie schimpft mit sich selbst, denn an

Dämonen glaubt sie wirklich nicht. Dafür ist es mit dem Schlafen nun endgültig vorbei. Hoffentlich schläft sie morgen, nein es ist bestimmt schon heute, nicht genau während ihrer Predigt ein!

Mitten in der Nacht, die Kirchturmuhr hat bereits die dritte Stunde eingeläutet, schleicht sich ein Gespenst über den Klosterhof. Die Beleuchtung ist schwach. Man erkennt kaum mehr als einen Schatten. Es ist Babette, sie hat sich lediglich ihren Morgenmantel übergehängt. Das Nachthemd schaut drunter hervor. Fast bereut sie, sich nicht wenigstens warme Strümpfe angezogen zu haben. Sie vermutet, dass es mindestens zehn Grad Kälte sind. Es ist etwas windig. Schnell schließt sie die Tür zum alten Klostergebäude auf. Sie geht zum Aufenthaltsraum. Hier steht ein Kühlschrank mit Getränken für die Kursteilnehmer. Babette braucht eine Flasche Wein, sonst kann sie nicht einschlafen. Plötzlich hört sie Geräusche und erschrickt fürchterlich. Schnell rennt sie weiter und hockt sich hinter den Tisch mit Büchern. Zwischen dem Büchertisch und dem Kleiderständer vor dem Speiseraum ist kaum genügend Platz für sie. Sie zwängt sich rückwärts in die Lücke hinein, macht sich klein. Es gibt keine andere Möglichkeit. Zum Glück scheint nur sehr schwaches Licht durch die Fenster herein. Knarrend geht die Tür des Aufenthaltsraums auf. Babette glaubt, das Pochen ihres Herzens sei zu hören. Ein zweites Gespenst, eines mit einem längs gestreiften Schlafanzug und Strickjacke tritt aus dem Raum heraus. Es schließt leise die Tür, dreht sich um, schaltet das Licht ein und geht den langen Flur entlang in Richtung des Ausgangs. Babette fällt ein riesiger Stein vom Herzen, dass sie von diesem grausigen Gespenst - vielleicht ist es der Mörder - nicht entdeckt wurde. Das Gespenst öffnet die schwere Haustür, es zieht durch alle Ritzen. Genau in diesem Moment muss Babette unaufhaltsam niesen. Das Echo im Steinflur hallt noch lange Millisekunden nach. Es fragt nicht nach Gut und Böse. Der rechte Hausschuh ist unter den Büchertisch geflogen. Babette sitzt auf dem Steinfußboden. Das dünne Nachthemd hält die eisige Kälte nicht ab.

„Halt! Wer ist da!", schreit das Gespenst, nein der Chef.

„Ich bin es nur", entgegnet Babette kleinlaut.

„Warum jagen sie mir solch einen Schrecken ein?"

„Tut mir leid, aber als ich sie hörte, habe ich riesige Angst bekommen und habe mich schnell hinter den Büchertisch gehockt."

„Angst, vor mir?"

„Ich dachte, sie wären ein Gespenst oder gar der Mörder!"

„Schon gut. Was machen sie denn hier?"

„Ich wollte mir eine Flasche Wein holen, ich kann nicht einschlafen." Der Chef hält ihr die Flasche, die er in der Hand hat, vor die Nase.

„Mir geht es genauso. Wenn sie möchten, können wir uns die hier teilen. Am besten, wir treffen uns in meinem Büro. Aber ziehen sie sich etwas über." Zusammen gehen sie zurück ins Verwaltungsgebäude. Babette humpelt, ihr nackter Fuß ist inzwischen fast zu Eis erstarrt. Viel besser geht es dem anderen auch nicht. Als der Chef das bemerkt, schüttelt er vor Verwunderung nur den Kopf. Gerade als sie an der Kirche vorbei sind, knarrt die offenstehende Tür vom Kirchhof. Dahinter ist diese Gruft mit den staubigen Särgen.

„Ein Gespenst, ein echtes - nein acht Gespenster, es sind ja die acht Totenschreine derer von Werthern!", schießt es durch Babettes Kopf. Sie rutscht auf einer Eisschicht aus und greift die Hand vom Chef, gerade noch rechtzeitig, bevor sie hinfällt. Sie glaubt, zu spüren, dass er auch zittert. Sind es die Gespenster, die ihn ängstigen? Es ist die Kälte, redet sich Babette ein. Ein Mann wie er fürchte doch keine Gespenster! Seine Schritte sind noch schneller geworden.

Schweigend sitzen sie anschließend im Chefbüro und leeren die Weinflasche. Es dauert nicht lange, bis der Chef in seinem Sessel leise schnarchend schläft. Babette gönnt sich noch einen kräftigen Schluck Wein und verzieht sich lautlos in ihre Kemenate. Morgen wechselt sie sowieso die Bettwäsche, da kommt es auf einen Dreckfuß jetzt nicht an.

Beinahe hätte Babette Knüpper verschlafen. In einer halben Stunde beginnt der Gottesdienst. Heute wird die Kirche voll sein, ziemlich, wenn sie Glück hat halb voll. Jedenfalls sind mehr Gläubige da, als sonst. Die Kirchgemeinde aus Südthüringen wird sich die Messe natürlich nicht entgehen lassen. Schnell zieht sich Babette an. Sie ärgert sich über den schmutzigen Fuß. Egal, den sieht niemand.

„Mit solch einem Dreckfuß war ich noch nie in einem Gottesdienst!", denkt sie. Dann wundert sie sich, zu welch verrückten Gedanken sie fähig ist. Das Frühstück entfällt, die Zeit ist knapp und ihr ist nicht danach. Ihre tägliche Morgengymnastik will sie morgenfrüh nachholen, zusammen mit der von gestern, vorgestern und all den anderen Tagen. So, wie sie sich das fast jeden Morgen vornimmt. Der Schädel brummt, lauter als das Polizeiauto von diesem Wachtmeister Schneller. Wird sie den Gottesdienst lebend überstehen? Ein Gebet für die Toten im See möchte sie auch sprechen. Aber so, dass niemand den Grund ahnt. Es ist ja alles noch geheim! Ach, es wird eine Blamage, da ist sich Babette Knüpper sicher. Schnell läuft sie los, kehrt sofort wieder um, sie hat die Predigt vergessen. Sie rennt erneut los und sieht die ersten Leute vor der verschlossenen Kirchtür stehen. Augenblicklich dreht sie um, rennt zurück. Schließlich braucht sie den Schlüssel für die Kirchtür. Den hat sie noch nie verschusselt, das dicke, altertümliche Ding. Babette schätzt: spätes siebzehntes Jahrhundert. Den kann man wirklich nicht vergessen. Vor Aufregung lässt sie den Schlüssel vor der Tür gleich zweimal fallen, der will heute einfach nicht in das Schlüsselloch passen!

Bei einer so erfahrenen Pastorin, wie Babette Knüpper, wird selbst der scheinbar chaotischste Gottesdienst zum Erfolg. Man lobt ihre Natürlichkeit, die nur pure Improvisation war, denn sie konnte sich einfach nicht auf ihre Predigt konzentrieren. Sie war mit den Augen immer schon drei Zeilen weiter, als ihr Mund die Worte hervorbrachte. Schließlich sprach sie völlig frei, kürzte mächtig ab. Und hinterher wurde sie noch gelobt, weil sie so schnell auf den Punkt kam. Wahrscheinlich waren alle froh, dass sie nicht so lange in der kalten Kirche hocken mussten. Die Heizung ist bei unter fünfzehn Grad einfach überfordert und Minusgrade kennt sie erst gar nicht.

Sogar der Chef war im Gottesdienst. Babette grübelt noch immer, ob es wegen der Gruppe aus dem Südthüringischen war oder ob er geistlichen Zuspruch brauchte. Allerdings war sie sich nicht sicher, ob er nur mit geschlossenen Augen zuhörte oder wegnickte. Sie verzeiht es ihm. Wer nachts um drei durchs Kloster geistert, hat sich eine Extraportion Schlaf verdient.

Jetzt geht es Babette bedeutend besser. Das Kopf-weh ist verschwunden. Das muss an den Gebeten in der Kirche liegen. Denn normalerweise verträgt sie Alkohol überhaupt nicht. Und eine halbe Flasche Wein - es war gut eine viertel Flasche Wein, die sie trank - setzt sie für zwei Tage außer Gefecht. Aller-dings könnte sie jetzt ein ordentliches Frühstück ver-tragen und ganz viel Kaffee.

Sie stehen in einer kleinen Gruppe noch einen Mo-ment vor der Kirche beisammen und plaudern. Plötz-lich bekommt der Chef das große Rennen. Weg ist er. Wie sich später herausstellt, hatte die freiwillige Feuerwehr Alarm ausgelöst. Da muss er hin, wer weiß, was gerade abfackelt. Er hat es ja nicht weit, ist heute bestimmt Erster, Sieger im heimlichen Wettbe-werb der Feuerwehrleute. Sonst ist er meistens der Vorletzte. Nur der dicke Müller kommt noch später an, aber der wohnt ja gleich hier in der Nachbarschaft und kann sich Zeit lassen. Nichts hat gebrannt. Die Kameraden der Feuerwehr wollen sich die Bergung der Leichen nicht entgehen lassen und ergreifen die Gelegenheit beim Schopfe, noch einmal mit Vollgas und allem, was ihre Sirene hergibt, durchs Dorf zu brausen. Oft haben sie das neue Martinshorn nicht ausprobieren können. Seit der Einführung von Rauchmeldern nimmt die Zahl der Einsätze drastisch ab. Die meisten Brände werden so früh erkannt, das ein simpler ABC-Löscher zur Brandbekämpfung aus-reicht. Wenigstens ist die Sirene das modernste Bau-teil des Löschfahrzeugs. Dagegen bereitet die Was-serpumpe den Kameraden zunehmend Kopfweh. Auf eine neue Dichtung, die gerade mal 25 Cent kostet, mussten sie mehrere Monate warten. Der Maschinist stand derweil im Regen selbst bei herrlichem Sonnenschein.

Heute ist mal ein kleiner Umweg drin: Einmal längs die Dorfstraße entlang und auf der Rücktour ein Abstecher zum alten Bahnhof. Nachweis der Daseinsberechtigung und vorbeugenden Brandschutz nennen die Feuerwehrleute dies.

Die Bergung der Leichen erweist sich als außerordentlich schwierig. Man will nicht aufs LKA warten. Vielleicht finden auch sie Hinweise auf den Täter. Wenn sie die Tatortarbeit heute abschließen, haben sie einen Tag gewonnen. Und der Täter hat einen Tag weniger Vorsprung. Das Eis hat zwischenzeitlich eine Dicke von knapp acht Zentimetern erreicht. Zu dünn, zum sicher drüber laufen zu können - zu dick um es mit einfachen Stangen zu zerschlagen. Man geht systematisch vor. Der Taucher, der Herr Krüger, sicherheitshalber in voller Montur stehend, hackt mit einem Spaten Stück für Stück, Zentimeter für Zentimeter die Eisschicht auf. Mehrmals haut er auf seine Taucherlatschen. Die stehen soweit vor. Die Spitzen sehen längst mehr als ramponiert aus, da kommt es auf eine weitere Kerbe nicht an. Die Eisschollen wirft er an Land oder schiebt sie seitlich unter den restlichen Eispanzer. Krüger friert bei dieser Plackerei jetzt bestimmt nicht. Die am Ufer feuern ihn an. Es ist eher aus Eigennutz: wegen der Kälte. Sie atmen den Leichengeruch. Oder ist es der Moder aus dem naheliegenden Rinnsal? Es ist die Mischung aus Anspannung, Kälte und Schweiß. Ganz langsam nähert sich Krüger der Fundstelle. Er steht bereits bis über die Knie im kalten Wasser. Jeden Moment muss er das Atemgerät in den Mund nehmen. Kurz bevor er die erste Leiche erreicht hat, greift er unter sich ins eisige Nass. Dann hält er einen steifgefrorenen Arm in der Hand. Er schaut ihn geschlagene drei Sekunden lang an. Ist es ein Lächeln in seinem Gesicht, ein Lächeln der Zufriedenheit, fündig geworden zu sein? Schließlich blickt er eher so, als wäre es etwas Ekliges. Mühsam, er geht rückwärts, stapft er mit seinen Taucherflossen den Weg in Richtung des Ufers. Er reicht den Arm Babettes Chef. Der Kommissar rührt sich keinen Millimeter, so als wolle er sagen,

„Das ist deine Leiche!" Oder ist es Absicht, so etwas wie ein Ritual, wenn ein Neuer dabei ist? Wohl ist dem Chef in diesem Augenblick wirklich nicht. Der Arm liegt auf seinen ausgebreiteten, vor Kälte inzwischen fast erstarrten Händen. Er traut sich nicht, zuzufassen. Es ist mehr ein Balancieren, als ein Festfalten des wassertriefenden Teils. Beinahe wäre es vor ihm ins Gras gefallen. Er meint, das Ding müsse nun mit Glacéhandschuhen angefasst, sofort in eine Plastiktüte für die pathologische Untersuchung verpackt werden. Bestimmt hat er zu viele Krimis geschaut. Kürzlich prahlte er doch erst damit, im Kino bei diesem Till-Schweiger-Tatort gewesen zu sein.

Zweidreiviertel Stunden dauert die gesamte Bergung. Selbst danach ist man nicht sicher, alle Leichen und Leichenteile gefunden zu haben. Der Taucher hat den Schlamm mächtig aufgewühlt. Die Unterwassersicht beträgt zweieinhalb Zentimeter. Doch jetzt gibt es nichts mehr, was den Froschmann ermutigen könnte, noch einmal ins Wasser zu steigen. Weder heißer Tee, die Anfeuerungsrufe der zahlreichen Gaffer, noch die guten Worte des Chefs können ihn überzeugen. Nicht einmal das Versprechen, am nächsten Tag die Überstunden doppelt oder dreifach abfeiern zu dürfen, lässt sein Herz erweichen. Er friert wie ein Schneider. Der dicke Bademantel, in dem er steckt und aussieht, wie ein Schneemann auf der grünen Wiese, ändert nichts daran, dass seine Zähne ununterbrochen klappern. Sein ganzer Körper zittert im Takt dazu, nur unterbrochen von mehreren Niesattacken. Das wird ein ausgewachsener Schnupfen!

„Diesen Stöckelschuh brauchen wir auf jeden Fall auch noch!", wirft der Chef ein. Krüger zeigt auf seine nassen Taucherlatschen, so als wolle er sagen:

„Das ist jetzt ihr Tauchgang!" Da sich niemand findet, den Schuh zu holen, schaut er sich selbst nach einem passenden Hilfsgerät um. Im nahen Busch entdeckt er einen abgebrochenen Ast. Vorsichtig, möglichst nur über das Eis an den flachen Stellen des Teichs gehend, arbeitet er sich in Richtung des Corpus Delicti vor. Bei jedem seiner Schritte knirscht es verdächtig. Noch wenige Zentimeter, dann erreicht er es mit langem Arm und diesem Ast. Eine zu hastige Bewegung, er wollte den Schuh an Land, wenigstens in die Ufernähe schießen und er legt sich der Länge nach aufs Eis. Das Schimpfwort, das ihm während des Rutschens entfuhr, hätte Babettes Segen nicht gefunden. Es geht im Lachen der Kollegen fast unter. Außer ein paar blauen Flecken scheint er keine Schäden davongetragen zu haben. Wenigstens hält das Eis trotz lauter Knackgeräusche und mit seiner Nasenspitze stößt er beinahe an den roten Stöckelschuh. Wütend lupft er ihn - elegant sieht anders aus - ans Ufer und robbt rückwärts in Richtung des sicheren Untergrunds. Wenn er wüsste, dass etliche Zaungäste die Aktion mit ihren Handys filmen, würde er bestimmt versuchen, anmutiger zu erscheinen.

„Drei Leichen, zwei Arme, ein Bein und einen Kopf haben wir gefunden!", berichtet der Chef voller Stolz, so als hätte er die ganz alleine aus dem Wasser geholt. Der rote Schuh mit dem inzwischen vollständig abgegangenen Absatz liegt wie eine Trophäe auf dem Schreibtisch. Eine Pfütze beginnt, sich in die lackierte Oberfläche einzuarbeiten. Sicher erwartete er von seiner Kollegin ein großes Lob, als er nach vollbrachter Heldentat strahlend wieder im Büro erscheint. Doch Babette Knüpper rennt schnell raus. Im ersten Moment wundert sich der Chef, dann vermutet er, sie wolle in Ruhe ein Gebet sprechen. Babette verspürt in diesem Augenblick etwas anderes als den Drang, beten zu müssen. Es ist eher ein totales Unbehagen in der Bauchgegend, das wie ein garstiger Vulkan seinen Ausweg nach oben sucht. Dabei hat der Chef noch gar nicht die ganze Wahrheit berichtet. Die wollte er nach einer Kunstpause anfügen. Schließlich ist er ein begnadeter Rhetoriker.

Bleich wie ein frisches Bettlaken kommt Babette Knüpper zurück in das Büro vom Chef. Er hat augenblicklich ein schlechtes Gewissen. Ja, es war etwas viel, was er seiner Mitarbeiterin zugemutet hatte.

„Frau Knüpper!", sagt er besorgt, „Es ist wirklich nichts Schlimmes passiert."

„Nur vier bis fünf Morde oder sechs! Wer weiß das schon so genau? Ach ja, das ist wirklich nichts Schlimmes." So viel Ironie in einem Satz von Babette, an einem Tag, in ihrem ganzen bisherigen Leben überhaupt - eine Weltpremiere.

„Frau Knüpper!", beginnt der Chef noch einmal. Kriminalkommissar Schröder, der als Vertreter von Schneller nun diesen Fall übernommen hat, steht in der Tür und genießt es, wie der Chef nun herumeiert.

Babette hockt wie ein Haufen Unglück auf dem Gästestuhl. Betet sie? Das ist sie den Opfern schuldig.

„Frau Knüpper! Es sind alles nur Schaufensterpuppen! Keine Leichen, kein Verbrechen." Babette Knüpper guckt so, als wenn sie gerade zur Schlachtbank geführt wird.

„Der spinnt! Der will mich nur beruhigen. Der meint, ich vertrage die Wahrheit nicht." Fragend, fast flehend schaut sie zum Kriminalkommissar. Der nickt.

„Wir haben auch geglaubt, es wären richtige Leichen. Es sah alles so echt aus. Als wir den ersten Arm hatten, haben wir mächtig gestaunt." Der Chef greift zum Telefonhörer und ruft in der Küche an. Er bestellt Kaffee, Tee, einen Imbiss und eine Flasche Sekt, Rotkäppchen Sekt natürlich. In einem Ort, der fast an der Unstrut liegt, trinkt man keine andere Sorte Sekt. Statt des Mittagessens bargen sie die Fundstücke. Jetzt haben sie Hunger, Durst sowieso und einen Grund zum Anstoßen.

„Der Sekt ist besonders dringend!", ruft er noch in den Hörer. Babette Knüpper springt von ihrem Stuhl auf. Alle erwarten eine Explosion. Es war etwas viel für sie. Erst eine Leiche, dann dreieinhalb und nun schnöde Schaufensterpuppen. Es ist wirklich kein Wunder, dass sie das nervlich und seelisch überfordert. Der Chef steht langsam auf, will sie in den Arm nehmen, beruhigen, trösten. Er muss um den Schreibtisch herum, Krüger versperrt den Weg, es ist eng in dem Büro. Da rennt Babette plötzlich weg. Alle wundern sich noch mehr. Doch so schnell, wie sie ist, kann ihr niemand folgen. Die schwere Holztür fällt hinter ihr krachend ins Schloss.

„Lasst sie einen Augenblick mit sich alleine sein. In ein paar Minuten schauen wir mal, wo sie steckt, wie es ihr geht. Sie braucht jetzt sicher einen Moment nur für sich." Ist es wirklich alles so einfach? Wie gut kennt der Chef seine Mitarbeiterin? Sie ist ja nur die Vertretung.

Eine Weile später kommt Babette zusammen mit Samuel Findig zurück. Er scheint über den Ausgang des Mordfalls erleichtert zu sein. Babette hat ihm die Neuigkeit bereits berichtet. Sie macht einen zufriedenen Eindruck. Nein, ein Strahlen wie sonst, steht nicht in ihrem Gesicht, eher Sorgenfalten. Doch ihre Gesichtsfarbe ist rosig, bestimmt auch von der Kälte, die draußen immer noch herrscht.

Sie stoßen darauf an, dass der Kriminalfall nur eine unerlaubte Entsorgung von Müll ist.

„Prost!", sagt der Chef und dass er wirklich erleichtert ist, welche Wendung dieser Fall, er vermeidet bewusst das Wort „Mordfall", genommen hat.

„Prost!", sagt auch Babette und man hört deutlich heraus, dass sie dankbar ist. Dankbar der Bergungsmannschaft, dankbar dem Ausgang der Aktion. Natürlich weiß sie, wem das zu danken ist.

Plötzlich vermisst Schröder seine Assistentin Sylvia Pfiffig. Allerdings scheint er sie seit Langem zu kennen und meint nur:

„Die hat öfter mal mächtig komische Ideen. Frauen bei der Kripo, das ist ein ganz spezielles Kapitel. Machen sie sich keine Sorgen." Babette Knüpper hüstelt vorwurfsvoll. Eine kurze, peinliche Stille entsteht.

„Hallo Chef!", ruft Ludwig Hemmerlein in den Raum und tritt ein. „Ich soll mich bei Ihnen melden." Alle schauen ihn fragend an. Hemmerlein hat doch heute frei. Er scheint sich offenbar seit zwei Tagen nicht rasiert und gerade einen Traktor, Mähdrescher oder sonst irgendetwas Größeres repariert zu haben. Jedenfalls sehen seine Hände entsprechend aus. Die Arbeitshose, eine ursprünglich blaue Latzhose, ist auch reif für die Waschmaschine. Der Schonwaschgang wird nicht reichen.

„Herr Hemmerlein, unser Hausmeister", stellt der Chef den Gast vor. Und er ergänzt, „Wenn etwas kaputt geht, Kollege Hemmerlein repariert alles!" Solch ein Lob hat der Hausmeister seit Ewigkeiten nicht gehört. Komischerweise fällt ihm gerade ein, dass der Chef schon vor zwei Wochen die defekte Lampe im Treppenhaus des Neubaus gemeldet hat.

„Wer hat sie hierher geschickt?"

„So eine Jungsche", sagt der Hausmeister, „Die stand plötzlich bei mir im Hof und hat mir ihren Polizistenausweis unter die Nase gehalten. Sie meinte, sie hätten die Puppen gefunden."

„Frau Pfiffig sicherlich", bemerkt Schröder, „Was ist mit den Modellpuppen?"

„Na die waren plötzlich weg, geklaut. Die standen neben der Werkstatt."

„Was machen Schaufensterpuppen in ihrer Werkstatt?" Der Chef staunt.

„Neben meiner Werkstatt. Die lagern da unterm Vordach, bis sie gebraucht werden. Ich hatte eine alte Decke drübergelegt." Dann berichtet er, dass die Leiterin vom Nähkurs die vor ein paar Monaten besorgte und in ihrem Kurs immer nutzt. Und der vom Aktmalkurs hat sie geholt, als sein Model neulich krank war. Als der Herr vom Bildhauerworkshop das hörte, wollte auch er eine Puppe im Werkstattraum aufstellen. Aber da waren die schon stibitzt worden.

„Nur die alte Strickjacke und dieser löchrige Mantel lagen noch da - und der Mann!"

„Der Mann?"

„Ja, die Männerpuppe. Aber die hat sowieso nur einen Arm. Der Kopf ist eine silbergraue Kugel und statt Beine hat die einen Ständer aus Eisen."

„Haben sie eine Idee, wer sich die Puppen geholt haben könnte?"

„Nicht direkt. Da war mal so ein junger Kerl, wohl einer aus dem Ort. Der hat gefragt, ob er eine Schaufensterpuppe preiswert bekommen könne. Ich habe ihn wieder weggeschickt. Außerdem war der mit seinem quietschgelben Wagen bis vor die Werkstatt gefahren. Das geht ja nun wirklich nicht, wegen der Feuerwehrzufahrt."

„Seit wann vermissen sie die Puppen?", fragt der Kommissar.

„Ein paar Wochen sind es nun schon."

„Können sie sich ein wenig genauer erinnern? War das ein besonderer Tag? Entsinnen sie sich noch an etwas Bestimmtes, das uns hilft, den Tatzeitraum einzugrenzen?" Hemmerlein überlegt. Je länger er nachdenkt, desto mehr verfinstert sich das Gesicht vom Kommissar. Er wird ungeduldig. Jeden Moment könnte er sagen „Lassen wir das!" Doch er sagt nichts. Stattdessen scheint sich der Hausmeister endlich zu erinnern.

„Das war ein Samstag, vor dem zweiten oder dritten Advent. Ich war mit meiner Enkelin auf dem Weihnachtsbasar unten in Donndorf in der Kirche. Wir hatten Krapfen gegessen, Punsch getrunken - das Kind natürlich Kinderpunsch, Herr Kommissar und dann ein Puppenspiel angeschaut. Da hatte ich der Kleinen von den Puppen hier in meiner Werkstatt erzählt und sie wollte die unbedingt sehen. Sie wissen ja, wie Kinder so sind. Wenn die sich mal was in den

Kopf gesetzt haben, muss der Opa springen. Und da sind wir hochgefahren und die Dinger waren weg. Nur der Mann war noch da. Aber der hat der Kleinen nicht gefallen, weil der keine Beine und kein vernünftiges Gesicht hat."

„Danke, wir werden den Tag herausfinden. Der Weihnachtsmarkt geht ja hier nicht vier Wochen lang oder von Ostern bis Himmelfahrt." Man spürt die schlechte Laune des Kommissars deutlich. Sie ist gepaart mit Enttäuschung. Zwar hatte er sich mächtig geärgert, ausgerechnet an seinem freien Wochenende und nur wegen der trottelhaften Ungeschicktheit des Kollegen, zum Dienst zu müssen. Und nun sind die Leichen schnöde Puppen. Plötzlich ist dieser Mord, dieser Mehrfachmord, der mal endlich etwas Abwechslung in sein langweiliges Polizistenleben bringen könnte, lediglich eine unerlaubte Entsorgung von Sperrmüll.

„In unserer Gegend ist aber auch nichts los!", denkt er enttäuscht, „Hätten wir lieber aufs LKA gewartet!" Andererseits wäre die Blamage, hätte das LKA die Puppen gefunden, seiner planmäßigen Beförderung im kommenden Herbst wahrscheinlich nicht förderlich gewesen. Auch die schadenfrohen, albernen Bemerkungen, die er wochenlang bei jeder Dienstbesprechung zu hören bekommen hätte, stellt er sich lieber nicht vor.

Jetzt braucht er noch einen Täter. Dann wäre der Ermittlungserfolg perfekt. Allerdings ist das wohl eher die Aufgabe vom Ordnungsamt. Nur müsste er wieder dieses dreiseitige Formular ausfüllen, dieses Formblatt, das er bisher nie verstanden hat. Immer, wenn eine andere Behörde eingeschaltet werden soll, ist solch ein Formular fällig. Beim letzten Mal saß er drei Tage vor dem Vordruck und dann hat es der Chef vor aller Augen in tausend Stücke zerrissen. Dem war ein halber Ermittlungserfolg lieber, als dieses Stück Papier und die andere Behörde. Kommissar Schröder wird sich am Montag mal unten im Ort umsehen. Viel Hoffnung kann er nicht machen. Dann schreibt er seinen Bericht, schimpft dabei fast ununterbrochen über die ausufernde Bürokratie.

„Kein geklauter Gartenzwerg ohne fünfseitiges Formular." An eine Leiche möchte er lieber nicht denken. Das wird sicher ein dreibändiger Roman. Zumindest notiert er erst einmal die wichtigsten Punkte. Zwischendurch telefoniert er mehrmals und bestellt die Kollegen vom LKA ab.

Plötzlich erscheint Sylvia Pfiffig mit einem jungen Mann im Büro. Es ist nun wirklich etwas eng. Sie schiebt diesen Herrn bis vor den großen Schreibtisch.

„Erzählen sie!", sagt sie nur, „Erst einmal, wer sie sind."

„Also, ich heiße Kevin, Kevin Wunderlich und bin 22, habe gerade ausgelernt in der Autowerkstatt im Nachbarort. Und vor einer Weile habe ich mir die Schaufensterpuppen geholt."

„Ja, das ist der Kerl, der mal hier war und nach den Dingern gefragt hat!", bestätigt Hemmerlein die Aussage. Es ist mehr so, als wolle er sich rechtfertigen, beweisen, er würde die Wahrheit sagen. Kommissar Schröder winkt ab und signalisiert Wunderlich, weiter zu sprechen.

„Ich habe sie geholt und in mein Auto geladen. Zweimal musste ich fahren. Nur drei Stück passten hinein. Die sind ja sperrig, auch wenn man die Arme abmontiert. Dachte mir, es ist besser, alle fünf zu nehmen. Falls mal eine kaputtgeht."

„Was haben sie denn mit fünf Schaufensterpuppen angestellt? Wozu brauchten sie die?", fragt Babette, „Haben sie denen ihre Klamotten angezogen?" Obwohl Babette Knüpper die Frage ernst gemeint hatte, lachen alle laut.

„Nein, angezogen habe ich die nicht", antwortet Kevin, „Na ja, ich habe sie gebraucht. Jedenfalls eine davon. Die anderen standen im Keller." Wunderlich beginnt zu stottern, bringt keinen Satz vernünftig heraus, redet offensichtlich nur um den heißen Brei herum, wagt sich nicht, die Sache zu erklären.

Irgendwann ergreift Pfiffig die Initiative. Sie merkt, dass Schröder gleich der Geduldsfaden reißt, und befürchtet gleichzeitig, dass Wunderlich sich dann gar nicht mehr traut, ein Wort zu sagen. Sie möchte wenigstens noch den Rest vom Sonntagnachmittag zu Hause verbringen. Also muss die Sache zum Abschluss gebracht werden.

„Ich berichte mal, was du mir vorhin erzählt hast." Sie redet ihn, scheinbar vertraut, mit „Du" an. „Wenn ich etwas Falsches sage, korrigierst du mich. Einverstanden?" Der junge Mann nickt verschüchtert.

Kevin Wunderlich war lange auf der Suche nach einer Freundin. Hier auf dem Land ist das nicht so einfach. Die meisten Mädels wünschen sich lieber einen Freund aus der Stadt. Noch besser ist einer aus Jena von der Uni. Und im Sommer war Kevin mal in Weimar. Das ist nicht so weit von hier. Er nahm seinen gesamten Mut zusammen und betrat einen Erotikladen. Da sah er zum ersten Mal eine aufblasbare Gummipuppe. Leider waren die Modelle alle viel zu teuer für ihn als Lehrling. Zufällig erfuhr er etwas später, dass im Kloster Schaufensterpuppen herumstanden. Und da er keine bekommen hat, er hätte ja gerne auch einen kleinen Obolus gegeben, ist er mal abends mit dem Auto gekommen und hat sich die Puppen eingeladen.

„Gleich fünf Stück?"

„Na als Reserve", entgegnet Kevin, „Falls mal eine kaputtgeht oder unbrauchbar wird."

„Und, und, und was haben sie damit gemacht?", erkundigt sich Babette völlig erstaunt. Sie kann das einfach nicht glauben.

„Lassen wir das Mal unbeantwortet", springt Kriminalmeisterin Pfiffig Kevin bei. Der war über die Frage so erschrocken, dass er knallrot im Gesicht wurde und den Blick noch weiter nach unten senkte.

„Weshalb haben sie die Puppen dann in den Teich geworfen? Waren die alle unbrauchbar?"

„Nein. Ich habe eine Freundin kennengelernt, neulich beim Faschingsauftakt drüben in Wiehe." Man sieht, wie schwer ihm die Erklärungen fallen. Sie verstehen ihn allerdings nicht. Wieder springt Sylvia Pfiffig ein. Er wollte nicht, dass die Freundin die Puppe in seinem Schlafzimmer bemerkt. Deshalb hat er erst die eine, dann die restlichen vier aus dem Keller im Teich unterhalb des Klosters entsorgt.

„Hättest sie ja zurückbringen können, wenigstens die aus dem Keller, meinetwegen auch heimlich", fällt Hemmerling ins Gespräch ein.

„Ich habe gefürchtet, erwischt zu werden."

„Und dieser rote Stöckelschuh?", fragt der Chef, „Ist der ebenfalls von Ihnen? Und wieso lag der auf dem Eis und nicht im Wasser?" Babette staunt über die Kombinationsgabe ihres Chefs. Das wäre ihr garantiert nicht aufgefallen, gesteht sie sich neidlos ein.

„Vielleicht sollte er zur Kriminalpolizei gehen?"

„Der kullerte vor ein paar Tagen nach wie vor in meinem Auto herum. Bevor ich Lisa, also meine Freundin, abholte, bin ich am See vorbei gefahren und habe ihn draufgeworfen."

„Und der zweite Schuh?"

„Hm, der müsste noch an einer Puppe dran sein. Oder er ist im Wasser abgegangen." Jetzt mischt sich Hemmerling erneut ein.

„Solange ich diese Schaufensterpuppen betreut habe, hatte keine von denen Schuhe an. Das hätte ich gesehen!" Fragende Blicke treffen Kevin. Ganz leise erklärt er, dass er das Paar roter Stöckelschuhe neben einem Container der Kleidersammlung entdeckt hatte. Er wollte mal probieren, wie die den Puppen stehen. Hemmerling kann sich wieder nicht bremsen und platzt heraus:

„Haben ihnen die Pumps gefallen?"

„Herr Hemmerling!", Babette kann dessen Neugier nicht fassen, „Das ist doch völlig unerheblich!"

„Gut", antwortet Kevin trotzdem, allerdings sehr leise.

Der Fall ist nun offensichtlich vollständig aufgeklärt. Kriminalkommissar Schröder ergänzt seine Notizen. Sorgenvoll blickend fragt er in die Runde:

„Was machen wir mit dem Jungen? Es war ja Diebstahl!" Nach einer Schrecksekunde sagt der Chef:

„Kevin, sie sind doch Automechaniker?"

„Ja, Kraftfahrzeugmechatroniker."

„Vielleicht schauen sie sich mal unseren Kleintransporter an. Der Motor stottert in den höheren Drehzahlen. Wenn sie das hinbekommen, sehen wir von einer Anzeige ab." Kevin fallen riesige Steine vom Herzen. Reparieren von Motoren ist seine Leidenschaft. Da macht ihm kaum einer was vor.

„Und was machen wir mit den Einsatzkosten von Polizei und Feuerwehr?"

„Ach, Herr Schröder, da fällt ihnen schon irgendetwas ein. Immerhin müssen sie sich nicht mit den Leuten vom LKA herumärgern."

„Der Chef hat manchmal wirklich gute Ideen!", denkt Babette bewundernd.

„Soll ich die Puppen für die Dame vom Aktmalkurs nächste Woche hinstellen? Die hat neulich schon angefragt", mischt sich Hemmerling erneut ins Gespräch ein und ergänzt, „Ich würde sie natürlich noch ein wenig säubern, Schlingpflanzen abmachen und trocken reiben." Der Chef verdreht die Augen, muss dann grinsen. Es drängt ihn regelrecht, Hemmerling zu bitten, die Puppen zu inventarisieren, einen Aufkleber der Klosterschule aufzukleben. Deutsche Ordnung muss auch in einem Kloster herrschen.

„Wenn sie die unbedingt aus dem Müllcontainer am Parkplatz herausklauben möchten … Seien sie vorsichtig, da schwappt noch Wasser drin herum. Wir besorgen zwei neue Puppen, ich frage mal in Apolda im Kaufhaus, ob die was übrig haben, ich kenne dort eine Verkäuferin."

„So, Kevin, ich bringe dich jetzt nach Hause. Du musst da ja noch etwas erklären." Kevin nickt betroffen. Hinterher stellt sich heraus, dass er seiner Freundin die Geschichte, zumindest den Teil der sich im Schlafzimmer ereignete, beibringen muss. Dummerweise hatte sie mitbekommen, dass die Polizistin ihn nach seiner Rolle beim Verschwinden der Schaufensterpuppen fragte. Aber wie wir Kriminalmeisterin

Sylvia Pfiffig inzwischen kennen, wird sie Kevin Wunderlich auch hierbei helfen.

Montag früh um kurz vor neun ruft der Chef seine Leute zu einer dringenden Krisensitzung.

„Eine Katastrophe!", sagt er nur. Manchmal kommt es dicker, als man denkt. Und echte Tote wären sicher leichter zu erklären, als Schaufensterpuppen. Das „Thüringer Tagesecho" hat als Aufmacher die Schlagzeile „Mindestens fünf Leichen im Kloster!" gewählt. Von einem mysteriösen Mordfall wird berichtet. Das Blatt befürchtet weitere Mordopfer in der Umgebung. Im Radio ist der Fall auch erwähnt worden und zwei Reporter würden gleich eintreffen.

„An diesen Puppmann vom Tagesecho habe ich gestern nicht mehr gedacht. Ich war so froh, dass wir nur Puppen gefunden hatten. Was machen wir nun? Die Leute rufen schon an und fragen, was hier los ist. Bestimmt kommen in Kürze die ersten Stornierungen!" Es herrscht eine eisige Stille im Raum. Niemand wagt es, auch nur ein Wort zu sagen. Sie atmen ganz leise. Sie sind geschockt. Der Chef schaut fragend in die Runde. Alle ringen um Fassung.

„Wann kommt denn unser Fotograf wieder, der Herr Paulke, der immer die Fotokurse macht?"

„Haben sie keine anderen Sorgen, Babette?" Der Chef ist ein wenig ungehalten.

„Nein, Paulke muss einen Fotokurs ‚Inszenierung eines Verbrechens' machen und wir deklarieren die Aktion vom Wochenende als Probe und Marketingaktion. Haben wir ein Foto von der Hand, die da aus dem Eis ragt?" Eisiges Schweigen - blankes Entsetzen. Solch eine verrückte, regelrecht absurde Idee ist wirklich unpassend in dieser Situation. Sie blicken

Babette vorwurfsvoll an. Es geht schließlich um die Existenz der Klosterschule! Wenn es nur noch Stornierungen gibt, sieht es für die Zukunft schlecht aus.

Der Chef kommt hinter seinem Schreibtisch hervor. Alle Augen sind auf ihn gerichtet. Er nimmt Babette in den Arm, drückt sie fest an sich. Will er sie trösten, ist sie nun total verrückt geworden?

„Babette, sie sind ein Schatz, ein Engel, ein Gottesgeschenk, ein …!" Ihm fehlen die Worte und er strahlt, wie ein Blecheimer. Es dauert eine ganze Weile, bis alle im Raum begriffen haben, welch genialen Gedanken Babette gerade ausgesprochen hat.

Sofort ruft der Chef Frank Paulke an. In zwei Wochen steht der Termin für den Zusatzworkshop. Wenig später prangt die Kursankündigung mit dem Foto vom See, natürlich mit diesem vermaledeiten Arm, auf der Homepage vom Kloster. Und Hemmerling rettet die Reste der Puppen nun doch aus dem Müllcontainer, fünf Minuten, bevor das Müllauto um die Ecke biegt.

„Herr Puppmann!", bläst der Chef ins Telefon, „Herr Puppmann, wir müssen dringend mal ordentlich Essen gegen. Haben Sie heute Abend Zeit? Sagen wir um sieben vor dem Restaurant „Weinberg" in Artern."

Der Werbefeldzug rollt.

Kenn ich den?

„Papa, was machen wir, wenn die Monster kommen?", ruft ein kaum Fünfjähriger vor dem Schaufenster des Spielzeugladens. Schlagfertig entgegnet der Vater:

„Dann müssen wir ihnen zeigen, wer die wahren Monster sind." Das sind Begegnungen die bereichern und bleiben. Deshalb bummle ich gerne durch diese Einkaufsgalerie am Anger.

„Hey, wie geht's? Lange nicht gesehen!", ruft jemand mitten aus der Menge heraus. Erschrocken schaue ich mich um. Wer mag da durchs Kaufhaus quaken? Er stürmt auf mich zu. Die Leute drehen sich zu ihm um. Er scheint, mich gemeint zu haben!

Fast rennt das Monster eine junge Frau mit ihrem Kinderwagen um, bekommt gerade noch die Kurve. Ein Hund, Mischung aus Bernhardiner und Dackel, nur in klein, in sehr klein, schaut ihn böse an. Beinahe tritt er in seinem Eifer drauf. Er hat nur Augen für mich, ist kurz davor, mich mit seinen mächtigen Pranken zu umarmen.

„Nein, danke, auf einen Bruderkuss lege ich keinen Wert!", denke ich und weiche instinktiv einen Schritt zurück. Lediglich die schwere Einkaufstüte hindert ihn daran, mich zu herzen, und meine unverkennbare Zurückhaltung. Ein breites, glückliches Grinsen ziert sein Gesicht. Das ist nicht zu seinem Vorteil, rein optisch jedenfalls. Während er mir die Rechte entgegenstreckt, ich diese zögerlich ergreife, knallt seine Linke auf meine Schulter. Die Einkaufstüte hat er seiner Begleitung knapp zwei Meter zuvor wortlos in die Hand gedrückt. So schnell konnte sich die Dame nicht wehren. Ich auch nicht. Nun kämpft sie mit dem Gepäck. Dummerweise ist die Handtasche, jenes kiloschwere Mysterium, genau in diesem Augenblick von ihrer Schulter gerutscht. Sie kämpft tapfer, bis sie alles, Handtasche, Tüte und Blazer geordnet hat.

Der Typ steht mir gegenüber und starrt mich an. Gute Miene zu bösem Spiel, nennt man das, was ich veranstalte. Ich ringe mir ein Lächeln ab, was wirklich nicht einfach ist. Es signalisiert, dass ich noch in friedlicher Absicht vor ihm verharre. Jeden Moment kann es sich ändern. Dieser Kerl ist mir von der ersten Sekunde an suspekt. Ich beginne, hektisch alle Schubladen in meinem Denkkasten durchzuwühlen.

„Wer könnte das sein? Woher kenne ich den? Sind wir uns in diesem Leben überhaupt schon einmal begegnet?" Sympathisch kommt der ja nicht daher!

Ich finde keine Spuren in meiner Erinnerung. Das hätte mich gewundert. Denn solche Typen mag ich nicht. Was will der nur von mir?

Hätte ich mein Auto in die Tiefgarage am Domplatz, statt hier am „Anger 1" abgestellt, könnte ich jetzt ungestört über den Wochenmarkt schlendern. Ich würde in aller Ruhe und Gemütlichkeit das Obst und Gemüse begutachten, in Gedanken abwägen, welches das Beste, das Günstigste, das Begehrenswerteste wäre. Niemand würde mich stören. Vielleicht träfe ich einen Bekannten, einen, den ich tatsächlich kenne, einen, mit dem es sich lohnt, ein paar Sätze zu sprechen. Jetzt stehe ich hier und habe den Salat. Es war nicht vorherzusehen. Doch das ändert an der Bredouille, in der ich stecke, überhaupt nichts, da muss ich nun durch, ob ich will oder nicht. Ich will nicht.

Seine Begleitung ist eine gut gebaute, etwas rundliche, auch sonst leicht überdimensionierte Dame. An ihr ist alles rund, vorn, oben, hinten auf halber Höhe. Ihr Gang erinnert an den einer beschwipsten Ente. Vorn und hinten trägt sie Übergewichte, gut austariert. Sie reicht mir die Hand. Wir begrüßen uns artig, fast schüchtern. Wir beide kennen uns definitiv nicht. Sie ist nicht unsympathisch und tut mir regelrecht leid, dass sie mit dieser Dampframme am Arm durch die Gegend und diesen Einkaufstempel tigern muss. Inzwischen trägt er wieder die große, neuaussehende Plastiktüte mit der Werbung des Elektromarkts in der obersten Etage. In der Tüte steckt etwas Größeres. Sie schielt zu dem Klamottenladen hinüber, ist wohl bisher einkaufsmäßig noch nicht zum Zuge gekommen. Man sollte die Bedürfnisse der Frauen nie außer Acht lassen. Das kann kurzfristig und erst recht langfristig unvorhersehbare Folgen haben.

Wäre sie lieber mit ihm in dem Möbelladen am Rande der Stadt kurz vor der Autobahnauffahrt gefahren. Dort hätte sie ihn zusammengefaltet und im Spielparadies abgegeben. In aller Ruhe und von diesem Hänfling ungestört könnte sie einkaufen: eine Ledergarnitur samt Schrankwand und Großraumküche vielleicht. Alles inklusive siebzehnsprachiger Aufbauanleitung, zentnerschwerem Schraubenpack und billigstem Werkzeug. Irgendwann käme die Durchsage:

„Klein Kevin möchte aus dem Spielparadies abgeholt werden!" Ab diesem Moment hätte sie noch ein gutes Stündchen zur Verfügung, könnte auf dem Weg zu ihrem Kevin mal fix in die Teppichabteilung huschen. Während sie an der Kasse im Stau steht, wird die Durchsage dringlicher:

„Achtung! Bitte holen sie Klein-Kevin im Spielparadies ab." Im Hintergrund hört man ein Kreischen, sodann das Zerspringen von Glas oder Keramik.

Klein-Kevin hat das Holzauto mit einem Flugzeug verwechselt und es im Landeanflug mit der irdenen Bodenvase kollidieren lassen. Dann rollt er sich im Kollateralschaden, der großen, Fäulnisgeruch verbreitenden Pfütze auf dem Teppich. Endlich sind alle Formalitäten an der Kasse erledigt und Klein–Kevin wird erlöst. Die Aufpasserinnen haben ihre einschlägigen Erfahrungen mit solchen Lausejungen. Geistesgegenwärtig haben sie mit ihm Indianer gespielt, dabei gefangen genommen und an den schweren Eichentisch gefesselt. Den hat der Gefangene wütend heulend im Kreis durch das Spielparadies gezerrt. Die Stricke waren kurz vor dem Zerreißen, als er endlich erlöst wurde. Es war lediglich eine Frage weniger Sekunden.

An so einem schönen Einkaufstag kann man sich mal etwas ganz Besonderes gönnen, ein Viersternemenü beispielsweise. Sie schnabulieren noch eine Portion schwedischer Klopse im Restaurant. Nach drei großen Gläsern mit Cola ist Kevin die Ruhe in Person. Einzig und allein ein dringendes Bedürfnis lässt ihn ein wenig zappelig werden.

Ja, wie ein Kevin, einer in lang, einer der nicht gerne alleine ist, sieht der Typ tatsächlich aus.

Sie geben ein merkwürdiges Paar ab. Er ist bestimmt eins neunundneunzig groß und dürr wie ein schmaler Besenstiel, ein sehr schmaler. Aber er hat Pranken, bei denen jeder Klodeckel neidisch wird. Die Energie, die er versprüht, hat er bei seinem Moppelchen abgesaugt. Das scheint von der gemütlichen Sorte zu sein. Ich frage mich, wie die zusammenpassen. Natürlich ist das kein Problem. An einen Kreis kann man eine Tangente legen. Und wenn er am Berührungspunkt die Normale errichtet … Das sind jetzt schweinische Gedanken, die eher zu einem Mathematiker passen. Ist so etwas schweinisch? In diesem Fall könnte sie sich von seinen verschiedensten Spitzen, Kanten und Überständen üble Verletzungen zuziehen. Sie ist gut gepolstert. Hoffentlich reicht das.

Er langweilt mich, er langweilt seine Frau. Mir fällt ein, dass ich dringend noch in den „Speicher" muss, um Plätze für Samstagabend, für das Konzert dieses durchgeknallten Duos zu bestellen. Madam möchte unbedingt hin, natürlich mit ihrer besten Freundin, mit wem auch sonst? Wir Männer dürfen auch mit, als Garnierung sozusagen und zum Bezahlen. Ja, dieser „Speicher", da muss ich hin, das darf ich auf keinen Fall verschusseln. Das kann ich ja nachher auf dem Weg zum Domplatz erledigen. Quer durch die Altstadt, einmal über die Krämerbrücke marschieren, ist eine nette Option. Hoffentlich haben die geöffnet, sonst, ... sonst rufe ich am Nachmittag dort an.

Der Kerl erzählt mir, dass es dort oben, er meint den Computerladen in diesem Einkaufszentrum, mal wieder keine Druckerpatronen für ihn gab. Dabei ist sein Tintenspritzer erst neuneinhalb Jahre alt und funktioniert ansonsten noch tadellos, bis auf die dauernden Papierstaus und den exorbitanten Tintenverbrauch. Ich höre nicht zu und grübele, wie die Straße heißt, in der dieser „Speicher" zu finden ist. Es liegt mir auf der Zunge, ein ganz simpler, ein ganz gewöhnlicher Straßenname, einer der sonst nicht vorkommt. Verrückt, der will mir einfach nicht einfallen, vorhin dachte ich noch:

„Du musst unbedingt durch die ...", Mist, der Straßenname ist weg, weg wie die Zugvögel im Herbst. Muss ich nun bis zum Frühjahr warten? Egal, der „Speicher" wohnt dort auch, wenn ich nicht darauf komme, wie diese verrückte Straße heißt. Zur Abwechslung nicke ich im Abstand von vier Komma drei Sekunden mit dem Kopf. Es soll ja nicht denken, ich würde ihn in seinem Redeschwall unterbrechen wollen. Sonst müsste ich vielleicht etwas sagen!

Jedenfalls passen die beiden überhaupt nicht zusammen - optisch, temperament- und sympathiemäßig. Die Dame sollte mal mit der Faust auf den Tisch hauen. Wenn der im Elektromarkt stöbert, könnte sie doch in diese Budike für die Bikinis gehen. Wie ich die Zwei einschätze, nagen sie nicht am Hungertuch und so ein Kleinteil kann ja wirklich nicht teuer sein! Ja, ich weiß, erstens sind kleine Bikinis immer und aus Prinzip teurer als große, zweitens bräuchte sie es mehrere Nummern größer und drittens würde das ziemlich bescheuert aussehen. Aber da sind ja noch andere Läden. Vielleicht überrascht sie ihn mal mit einem Teil aus dem Dessoussortiment? Da kippt der heute Abend garantiert aus den Latschen, sie kann in Ruhe den „Tatort" anschauen und muss sich nicht bei dieser öden Bundesliga auf der Couch langweilen, bis er im Sessel eingeschlafen ist. Der Abspann vom „Tatort" ist bei seinem Schnarchen auch nicht besonders eindrucksvoll. Die Steigerung kommt dann im Nachtprogramm. Da wird die Nacktarschszene im „Tatort" mit diesem Till S. zum dreiundzwanzigsten Mal wiederholt - diesmal sogar mit schnarchender Taktvorlage. Na, wenn das gut geht!

Genau in dem Moment, als ich mir die Dame im Dessousladen vorstelle, wie sie in der Umkleidekabine ein knallenges Mieder mit den knallroten Strapsen anprobiert, passiert es. Mir fällt ein, dass ich noch zweihundert Gramm Leberwurst fürs Abendbrot vom Fleischer mitbringen soll. Und diese zweihundert

Gramm Leberwurst, mir kommt es nicht auf fünf Gramm mehr oder weniger an, liegen in meinen Gedanken auf der Waage beim Metzger. Jetzt weiß ich plötzlich zwei Dinge. Erstens, was der Kerl in der Plastiktüte durch das Einkaufszentrum schleppt. Es ist eine Waage, weil seine Angetraute diese neue Diät ausprobieren möchte und das knallhart bis zum Sieg gegen ihre zweihundertfünf Gramm Übergewicht durchziehen will. Und zweitens weiß ich, die Straße, in welcher der „Speicher" wohnt, ist gar keine Straße. Es ist die Waagegasse. Ich fühle mich gleich besser, ein ganz klein wenig natürlich nur, denn der Typ labert immer noch.

„Woher kennen wir uns?" Das ist die Frage des Tages. Sind wir zusammen aufs Gymnasium gegangen? Nein, das kann nicht sein, das setzt Intelligenz voraus. Da war er nicht unter den Mitschülern. Mein Fahrlehrer dazumal war auch solch ein langer Lulatsch. Nein, der war nur eins neunzig. Der Monteur, der neulich die Fensterläden im ersten Stock reparierte? Nein, der benutzte eine Leiter. Arbeitet er im Baumarkt, wo ich neulich ein paar Schrauben suchte und ganz oben im Regal fand? Der freundliche Verkäufer vom Infostand kam schon nach elfeinhalb Minuten und half mir. Ein Griff, er musste sich kaum recken, und schon reichte er mir eine Schachtel mit der begehrten Ware. Leider waren die Schrauben ohne Muttern, welcher verrückte Laden verkauft so etwas? Ich musste zwei Tage später noch einmal hintraben. Die Muttern lagen in der untersten Regaletage, direkt neben den passenden Unterlegescheiben. Nein, dieser Verkäufer ist er nicht, der hatte hatte eine Brille auf der Nase und blickte schlau. Oder kennen wir uns aus dem Sportverein?

Welcher Sportverein? Ich mache doch keinen Sport! Ich bin kein Selbstmörder und völlig ratlos.

Für diese Gedanken benötige ich weniger als drei Sekunden. Da bin ich wirklich fix, eben ein Menschenkenner. Sie geben auf das tatsächliche Problem nicht den Hauch einer Antwort. Ich muss weiter in mir recherchieren. Er unterbricht meine Gedankengänge resolut. Er fragt mich, ohne richtig Luft zu holen, wie es im Urlaub war. Ich schaue hoch zu ihm und entgegne ausweichend:

„Ja, war nicht schlecht, natürlich zu kurz. Das Essen war gut, sieht man ja!" Die linke Hand beschreibt fast unmerklich, aber vielsagend eine millimetergroße Kreisbewegung über meiner Bauchwölbung. Der kann bestimmt dreimal mehr futtern als reinpasst und nimmt dabei mindestens zehn Pfund ab! Das sind meine Lieblingstypen. Die sind bei mir unten durch, da haben sie noch nicht einmal „Piep" gesagt! Was soll ich ihm sonst berichten? Das geht den nun wirklich nichts an! Wenn sich herausstellen sollte, dass wir uns doch irgendwie schon irgendwann und irgendwo begegnet sind, kann ich ja eventuell mehr erzählen. Aber nur, wenn er dann als nette Erinnerung in meinem Kopf erscheint. Das ist eher unwahrscheinlich.

„Und selbst?", frage ich, wobei ich diese Frage normalerweise hasse. Was bedeutet das: „Und selbst?" Das ist kein ordentliches Deutsch. Das klingt nur scheinbar interessiert, vielleicht auch ein bisschen oberflächlich, eben weltmännisch. Der Typ, von dem ich immer noch nicht weiß, wer es ist, hat nichts Besseres verdient! Doch diese Floskel ist geeignet, ihm den Ball zuzuspielen, den er offensichtlich sehnsüchtig erwartet.

„Och, Griechenland ist ja in diesem Jahr so billig! Ein echtes Schnäppchen. Gesoffen haben wir … Aber die Hitze war schon extrem …" Er redet sich in Rage. Ich überlege, wer von meinen Bekannten, viel trinkt und nach Griechenland reist. Mir fällt niemand ein, niemand der auch gerne mal etwas zu viel trinkt. Ich habe nur netten Umgang. So einer, wie der, ist nicht vorgesehen!

„Du sagst ja gar nichts mehr?", haut er mir an den Kopf. Ich erschrecke ängstlich mit der Befürchtung, den Ball zurückzubekommen. Ich habe Glück.

„Bist wohl neidisch? Da musst du unbedingt mal hinfahren! Es war wirklich klasse!" Er schwärmt weiter, behält den Ball. Der Dame scheint es nun so richtig peinlich zu werden. Sie sagt nichts, nickt nur ab und zu. Liebhaber von Klischees würden spontan von vertauschten Rollen sprechen. Dann regt er sich darüber auf, dass alle schon frühmorgens ihre Handtücher auf die Liegen am Pool platziert haben. Da derartige Urlaube für mich nicht infrage kommen, ist mir solch eine Verhaltensweise bisher nur aus den Medien bekannt. Ich nahm an, diese Meldungen seien stark überhöht.

„Typisch deutsch!", sagt er. Seine Frau wirft ein, dass er das ja auch gemacht hätte. Worauf er mit leicht säuerlichem Gesichtsausdruck entgegnet, dass ihm ja wirklich nichts anderes übrig geblieben wäre, als früh um halb sieben fix mal aufzustehen, rauszurennen und die Liegen zu reservieren. Halb sieben war wirklich der letzte Drücker. Sonst hätten ja alle Russen und Engländer sämtliche Liegestühle den ganzen Tag über blockiert. Die haben doch immer nur gepennt und gefressen. So konnten sie sich wenigstens mal ein Stündchen an den Pool legen. Länger war das wegen der extremen Sonne sowieso nicht möglich. Da hat man es nur im Hotelzimmer oder an der Bar aushalten können.

„Was die Klimaanlagen an Strom fressen!", schiebt er entsetzt ein. Er hat recht. Ohne diese Stromfresser wäre er gegrillt worden und könnte als Trockenfleisch jetzt nicht harmlose Bürger belästigen.

„Das ist vielleicht ein Volk!", empört er sich. Mir ist nicht klar, ob er die Griechen, Russen, Engländer oder Deutschen meint.

„Warum ist er überhaupt dorthin gefahren?"

Der Typ nervt gewaltig. Soll er sagen, wer er ist oder woher wir uns kennen. Er ist ja auch nicht mehr der Allerjüngste. Der müsste doch wissen, dass man sich nicht an jede Schnapsnase, die man irgendwann mal getroffen hat, erinnern kann!

„Wie geht es der, äh, wie hieß die noch einmal? Na du weißt schon, wen ich meine!"

„Der Urenkelin von Frankenstein?", werfe ich mit einem Anflug von Ironie ein. Er braucht geschlagene zwei Minuten, um sich wieder zu beruhigen. Er findet meinen Mutterwitz einfach köstlich. Das wäre ihm damals schon aufgefallen. Ich habe es in Jahrzehnten nicht bemerkt. Doch ich gewinne Zeit. Das nützt mir kein Jota. Ich bin mir inzwischen sicher, ihn nicht zu kennen. Dann erklärt er mir, dass er diese Spanierin meint. Die Flotte, die wir vor zwei oder drei Jahren an der Costa Brava kennengelernt haben. Er betont natürlich, dass ich mich an die rangemacht hätte. Seine Holde steht ja neben ihm.

„Da war ich noch nie!" Bevor ich ihm sagen kann, dass ich demzufolge diese Dame nicht kenne, fällt er wieder in ein wissendes, mehrminütiges Lachen. Mordgedanken kreisen in meinem Kopf.

„Verstehe! Du willst sie nicht mehr kennen. Na, das muss ja eine heiße Beziehungskiste gewesen sein. Hat deine Alte etwa Wind bekommen?" Wen meint er mit ‚Alte'? Das könnte im Ernstfall für ihn richtig unangenehm werden. Ich grüble, ob es als Notwehr durchgehen würde, wenn ich ihn auf offener Szene abmurkse, so richtig grausam mit meterweit spritzendem Blut und lautstark berstenden Knochen.

„Nein", entgegne ich und überlege nun nicht mehr, wer das sein könne, sondern, wie ich diesen lästigen Kerl wieder loswerde.

Ich habe eine Idee! Ja, manchmal kann ich echt fies sein! Und jetzt ist die passende Gelegenheit dazu. Allerdings bin ich nicht sicher, ob mein Plan Gnade vor dem Herrn findet. Sein Ableben oder Überleben wird nicht in meinen Händen liegen. Ich lege sein Schicksal in die Hände seiner Angetrauten.

„Na klar! Ja, jetzt erinnere ich mich! Die war in der Tat nicht schlecht. Die war regelrecht die Wucht in Tüten! Aber die Schwarzhaarige, mit der du an der Bar einen Drink nach dem anderen gekippt hast, war tatsächlich noch 'nen echten Zacken schärfer! Und die hatte einen Stoßfänger … Ich habe dich beneidet!" Während ich das sage, deute ich mit den Händen mehr als großzügig an, was ich meine und wünsche spontan keiner einzigen Frau dieser Welt solch eine üppige Körbchengröße.

Der Anschlag ist gelungen! Er verfehlt die Wirkung nicht. Sowohl ihm als auch seiner Begleiterin entgleisen schlagartig die Gesichtszüge. Die Blicke treffen sich funkensprühend direkt auf halbem Weg zwischen ihnen. Diese Blicke sagen alles! Die gehen als schwere Waffen durch. Sie schaut ihn vorwurfsvoll fragend von der Seite an. Sie atmet tief ein und wiegt plötzlich fünf Tonnen, die Handtasche nicht mitgerechnet. Er ist sprachlos, was mir durchaus angenehm ist. Er muss sich recken, um nasenmäßig mit ihrem Knie auf gleicher Höhe zu sein. Wenn sie jetzt noch aufstampft! Er tut mir fast leid, fast. Ich sollte die Situation entschärfen. Sein Familienfrieden ist in Gefahr. Der Dame, nicht ihm zuliebe, ergänze ich:

„Ich habe doch am Strand ein paar Fotos von euch beiden gemacht, direkt hinter dem Rettungsschwimmerhaus, wo niemand sonst war. Die hatte ja so ein wahnsinnig knappes Teilchen an. Und das war noch dazu verrutscht." Dabei deute ich mit Daumen und Zeigefinger an, wie irrsinnig klein dieser Stofffetzen war. Ich habe ja vor Jahren mal einen Rhetorik-Kurs besucht und war berüchtigt für die gestische und mimische Untermalung meiner Vorträge.

„Soll ich dir die Bilder mal mailen, Ingo? Wie war deine Mailadresse noch mal?" Ich hoffe, dass er nicht zufällig Ingo heißt. Das wäre jetzt echtes Pech für ihn. Weshalb mir gerade dieser Name einfällt, ist mir heute noch schleierhaft. Andererseits sieht er genau wie Ingo aus, jedenfalls so, wie ich mir einen Ingo vorstelle. Obwohl er der erste Ingo ist, den ich treffe. Ein Kevin jedenfalls guckt nicht so, wie der es in diesem Moment tut.

„Ingo? Du scheinst mich zu verwechseln. Ich heiße doch nicht Ingo!" Es scheint sich Erleichterung breitzumachen. Da hat er aber Glück gehabt. Die Aktien der Scheidungsanwälte dieser Welt brechen nach einem kurzzeitigen Höhenflug dramatisch ein.

„Und ich bin noch nie an ihrer Costa Brava gewesen. Sie scheinen mich zu verwechseln. Guten Tag!" Ich gehe spontan zum ‚Sie' über. Das erscheint mir angemessen. Die Verabschiedung beschränkt sich auf ein kurzes, weniger freundlich gemeintes Nicken. Ich höre ihn im Weitergehen gerade noch ein:

„Spinner!", sagen. Das ist mir egal. Er hat jedenfalls jemanden, dem er sein:

„Spinner!", mitteilen kann. Vielleicht ist das mit dem schlechten Gewissen seinerseits gar nicht so weit hergeholt? Bestimmt hat diese Begegnung für ihn noch ein Nachspiel.

„Das wäre jetzt der berühmte Tropfen auf den heißen Stein gewesen, Ingo!", sagt sie ihm möglicherweise. Ich nenne ihn mangels Kenntnis seines richtigen Namens der Einfachheit halber mal Ingo.

„Du weißt, das mit der neuen Buchhalterin in deiner Firma war das letzte Mal, dass ich dir verziehen habe. Aber diese dralle Spanierin passt sowieso nicht in dein Beuteschema. Ich hatte mich schon gewundert. Deine Affären waren immer von der spilleligen Art."

„Für die üppigen Stunden habe ich ja Dich!", entgegnet Ingo in seiner unnachahmlich dusseligen Art.

„Und für die anderen Stunden sind dann die Buchhalterin, diese Dame von der Kasse aus dem Drogeriemarkt und die aus dem Haus schräg gegenüber zuständig!", hält sie ihm vielleicht zum hundertsten Mal vor.

„Nein, nur unsere Postbotin!", widerspricht Ingo. Doch damit hat er den Bogen zu weit gespannt. Er spürte bereits etwas Oberwasser, was jedoch ein großer Fehler war.

„Ingo! Reiz mich nicht! Du weißt, bei uns kommt ein Postbote! Oder meinst du die Postbotin in deiner Firma? Was hast du mit der?" Sie achtet nicht mehr darauf, dass sie mitten in diesem Einkaufszentrum stehen, den Leuten regelrecht den Weg versperren. Sie kennt nur noch die heimlichen Amouren ihres Ingo. Sie will das klären, jetzt und für alle Zeiten. „Gnade" ist ein Wort, das in ihrem Repertoire nicht vorkommt.

Die Leute drehen sich zu ihnen um, schütteln die Köpfe, tuscheln, einer macht ein Handyfoto. Oder filmt der? Ein Terrier verwickelt sich mit seiner Leine um Ingos dürre Beine, hebt das rechte hintere Bein. Ingo flucht, fällt beinahe der Länge nach hin, mitten in die frische Pfütze. Im letzten Moment entwirrt sich die Hundeleine.

Ich höre jetzt mal auf, meine Fantasie spielen zu lassen. Sonst riecht das hier noch nach Rosamunde P. und das Fernsehen möchte diese Story für den nächsten Sonntagabend filmen. Andererseits, wenn die Gage stimmt …

Ich bin jedenfalls nicht so gut dran, wie Ingo.

„Spinner!", muss ich mehrfach laut und frei von schlechtem Gewissen in mich hinein denken.

* * *

Weiter geht es. Ich habe noch einen ordentlichen Weg quer durch Erfurt vor mir und einen ellenlangen Einkaufszettel abzuarbeiten. Hätte ich gewusst, was mich heute erwartet - dieser Zettel ist eine echte Herausforderung - wäre ich im Bett geblieben.

Wie heißt diese Straße, wo dieses, äh, wie heißt dieses Eventcafé überhaupt und tritt dort am Samstag ein Duo oder ein ganzes Sinfonieorchester auf? Der verrückte Kerl hat mich total wuschig gemacht! Ich brauche wohl erst einmal einen Kaffee, einen großen Pott Kaffee - mindestens! Am besten, ich kehre mal im „Speicher" ein!

Wenigstens habe ich ein Monster besiegt.

Zwielichtige Spiele oder …
Der Gockel

Sie ist eine Perfektionistin, im Guten wie im Bösen. Kaum eine Kleinigkeit entgeht ihr.

Diese Marketing-Agentur ist eine richtig kleine Bude. Außer diesem umtriebigen Chef, Wilfried Semmelgrün, arbeiten hier drei Mitarbeiterinnen. Der Hauptteil der Arbeit wird von Externen, Selbstständigen und klitzekleinen Firmen geleistet. Der Chef ist ein Meister darin, die so gegeneinander auszuspielen, dass die Preise immer am untersten Limit liegen. Margarethe, sie ist für die Buchhaltung zuständig, wundert sich, wie die davon leben können. Sie selbst ist mit ihrem Gehalt so leidlich zufrieden, macht öfter mal etwas privat für den Chef. Neulich beispielsweise die Abrechnung für seinen Tennisverein, in dem er Kassenwart ist. Das bezahlte er vom Firmenkonto und war ausnahmsweise mal nicht knausrig.

Margarethe ist praktisch veranlagt. Gelegentlich verschafft sie sich ein Zusatzeinkommen.

„Ich habe es mir verdient!", sagt sie dann zu ihrer Beruhigung. Sie fälscht ganz einfach mal eine Überweisung, die auf ihr eigenes Konto geht. Die „1" malt sie so, dass sie nach der Unterschrift vom Chef durch einen kleinen Querstrich eine „4" daraus machen kann. Seitdem der Betrag auf den Überweisungen nicht mehr ausgeschrieben werden muss, ist diese Masche besonders einfach. Neuerdings schreibt sie fiktive Rechnungen, deren Geld dann auf Ihr Konto geht. Der Chef hat sowieso keinen Überblick. Wenn da eine Rechnung mit „Computerservice" einer Firma

„Informationssysteme GmbH" kommt, unterschreibt er die gedankenlos. Es sind immer Beträge, die im Bereich unter 1000 €, meist sogar unter 300 € liegen, dem Chef also unverdächtig erscheinen. Er vertraut seiner Buchhalterin. Und mit diesem Buchhaltungsprogramm will er sich schon gar nicht beschäftigen. Er ist für Größeres geboren, denkt in ganz anderen Dimensionen.

Irgendwann allerdings bemerkt der Chef den Betrug. Rein zufällig ist er darauf gestoßen. Er lässt sich Zeit und vermutet, im letzten Jahr um einen erheblichen Betrag erleichtert worden zu sein. Jetzt schaut er sich sämtliche Zahlungen vor der Unterschrift genau an. Als er eine verdächtige Überweisung vorgelegt bekommt, fordert er die vollständigen Unterlagen bei seiner Buchhalterin an. Die erschrickt mächtig, schließlich unterschreibt er doch. Nun sitzt er abendelang über den Buchhaltungsunterlagen und rechnet nach. Auch die Vorjahre prüft er gewissenhaft. Fast zwei Jahre lang wird er schon übers Ohr gehauen. Er ist sauer und überlegt, was er tun muss. Erst einmal lässt er die Mitarbeiterin im Ungewissen.

Unmittelbar vor der nächsten Gehaltsüberweisung, Wilfried Semmelgrün glaubt, das erhöhe den Druck, zitiert er Margarethe in sein Büro. Er zeigt ihr nur kurz die Aufstellung der zweifelhaften Rechnungen.

„Du bist beurlaubt, ich melde mich!", sagt er.

Margarethe weiß sofort, dass sie nun ein Problem hat. Sie hat es übertrieben. Und sie wundert sich.

„Weshalb übergibt er die Angelegenheit nicht seinem Steuerbüro, dem Staatsanwalt, jedenfalls einem Fachmann?" Margarethe macht sich Sorgen. Sie ist eine alleinerziehende Mutter zweier halbwüchsiger Kinder und braucht jeden Cent, lebt sowieso von der

Hand in den Mund. Der Kredit fürs Auto, die Eigentumswohnung, der Fernseher, die neue Küche und einiges andere - alles will bezahlt sein. Und der Ex erhält sein Geld vom Amt, mimt auf Hausmann. Da kommt also kaum etwas rüber. Dessen Freundin scheint ihn durchzufüttern.

Dann bittet der Chef Margarethe zum Gespräch.

„Ich müsste dir sofort kündigen und Anzeige erstatten." Die Wahrheit ist, er braucht sie, denn niemand kennt sich in dieser Firma so gut aus, wie sie. Das sagt er natürlich nicht. Margarethe verspricht, alles zurückzuzahlen, nur nicht auf einmal. Sie will es abstottern, unbezahlte Überstunden machen, zusätzliche Aufgaben übernehmen. Sie ist zu allem bereit, wenn sie nur nicht gekündigt wird. Der Chef weiß das und wird es ausnutzen. Er schlägt vor, dass Sie ihm „spezielle Dienste" leisten könnte. Als Erstes spart er die Reinigungsfirma ein, das übernimmt nun Margarethe. Er erwartet, dass sie alles widerspruchslos macht, so wie er das verlangt. Ein Widerspruch und die Akten gehen an die Polizei. Margarethe ist geschockt und gleichzeitig froh über diesen Ausgang.

Die Buchhalterin putzt regelmäßig die gesamte Agentur, braucht mindestens zehn Stunden pro Woche, nach Feierabend. Es sind mehrere Büros, die Küche, der Besprechungsraum, der Flur und natürlich die Toiletten – sie macht es gründlich. Ihre Kolleginnen wundern sich. Margarethe erklärt, sie brauche das Geld zum Leben. Monatlich überweist sie dem Chef kleine Raten. Über alles führt sie penibel Buch, sie ist die perfekte Buchhalterin. Dauernd hat der Chef Sonderwünsche. Mal benötigt er genau am Wochenende ihren Cateringdienst. Sie kocht Kaffee, schmiert Brötchen, bereitet Suppe zu, putzt Gemüse, mischt Salat, kocht Dessert und backt Pizza. Das bezahlt sie selbst. Dann braucht er spät am Abend ganz dringend alle möglichen Geschäftsunterlagen zu Hause und sie stellt nachher fest, dass er die nicht einmal angeschaut hat. Er schickt sie zu Kunden, Dinge abzuholen oder zu bringen. Die waren selten dringlich, hätten auch per Post geschickt werden können. Dafür arbeitet sie dann abends länger. Margarethe weiß nicht, wie lange dieser Zustand noch anhalten soll. Freizeit kennt sie nun seit Monaten nicht mehr. Ihren Urlaub schiebt sie immer wieder auf. Mehrmals nimmt sie einen Tag frei und kommt trotzdem ins Büro - für den Chef, für ihre Freiheit, irgendwann einmal, irgendwann in ferner Zukunft. Ihre Schulden hat sie fast abgebaut, doch der Chef macht keine Anstalten, sie zu entlasten.

„Du hast dich mit Schuld beladen, die ist nicht in Euro und Cent zu beziffern." Schließlich geht es nicht anders. Margarethe interveniert beim Chef.

„Ich kann nicht mehr. Ich werde krank. Ich schaffe es nicht, benötige dringend Entlastung. Bitte, bitte …" Wilfried Semmelgrün überlegt und antwortet.

„Okay, du brauchst nicht mehr zu putzen, wir engagieren die Reinigungsfirma wieder. Aber das erfordert eine Gegenleistung." Fragend schaut Margarethe ihn an. Er lächelt, es ist eher das breite Grinsen eines Siegers. Schließlich lässt er die Katze aus dem Sack. Er möchte, dass sie ihm einmal pro Woche … Er zeigt auf die Sitzgruppe in seinem Büro. Die Couch ist wirklich sehr üppig und sogar ausziehbar. Sie müsse hinterher natürlich wieder für Ordnung sorgen.

„Und deine Frau?"

„Wenn die etwas erfährt!" Er hebt Stimme und den rechten Zeigefinger. Damit weist auf den Ordner im Tresor. Margarethe ahnt, dass er lange auf diesen

Moment hingearbeitet hat. Alles Bisherige war eher Vorspiel, ein Mürbeklopfen, das Pflichtprogramm, jetzt kommt ihre große Kür.

„Weshalb wird Carla Vogler dauernd zum Chef bestellt?", fragt sich Margarethe etwa sechs Monate später. Die ist neu in der Agentur und mindestens fünfzehn Jahre jünger als Margarethe. Seit einiger Zeit ruft er sie nicht mehr so oft zum „Spätdienst", wie Margarethe diese Stelldicheins nennt. Eines Tages findet sie beim Aufräumen im Chefzimmer, tief unten im Schreibtischfach, einen Fotostapel - eindeutige Fotos, offensichtlich bei einem Wochenendtrip vom Chef mit Carla Vogler. Schnell verschwinden einige der Bilder in ihrer Tasche. Ein paar Wochen später trifft sie die Beiden im Kaufhaus. Sie stehen knutschend auf der Rolltreppe und bemerken sie nicht. Sie macht ein Handyfoto.

„Das könnte ich noch gebrauchen!" Margarethe sammelt Material gegen den Chef. Holt sie zum großen Gegenschlag aus?

Immer wieder gibt es merkwürdige Zahlungseingänge. Die sind von dieser Firma in Luxemburg. Mit der haben sie noch nie zu tun gehabt. Es sind etliche größere Beträge in kurzer Zeit. Der Chef meint, das wäre ein wichtiges Projekt und nennt das Stichwort „EU". Es ist wohl etwas Geheimes. Durch einen Zufall findet sie Rechnungen an diese Firma, die hat der Chef selbst geschrieben, gut verborgen. Es sind Belege zu Projekten, die es nie gab, zumindest von denen Margarethe nie etwas hörte. Das ist verdächtig. Geheimnisse in dieser kleinen Agentur, die kann es normalerweise nicht geben. Doch was ist hier schon normal? Übers Internet informiert sich Margarethe über diese Firma, die nicht einmal eine eigene Internetseite hat. Sie investiert ein paar Zwanziger, um Auskunft vom Luxemburger Registergericht zu bekommen. Dann staunt sie mächtig. Sie kennt den Geschäftsführer sogar persönlich. Es ist der Schwager vom Chef. Er ist der einzige Mitarbeiter der Firma. Kurz darauf steigen die Privatentnahmen vom Chef stark an. Als Margarethe zwei Monate später erneut recherchiert, ist die Firma in Luxemburg insolvent, pleite. Der Schwager wird polizeilich gesucht. Margarethe führt Buch, macht von allem Kopien. Sie versteckt es gut und wartet ab. Irgendwann kommt ihre Gelegenheit. Sie weiß das. Insgeheim schmiedet sie einen Plan. Noch ist der allerdings sehr vage.

Der Chef hat Margarethe seit mehreren Wochen nicht mehr zum Schäferstündchen gebeten. Am Wochenende soll sie sich um zwei Gäste, zwei Asiaten kümmern. Die hätten ein paar spezielle Wünsche, fotografieren gerne.

„Zeig denen mal die Stadt, am Abend gehst du mit ihnen im Hotelrestaurant schön essen." Er hat leider keine Zeit und möchte am Montag mit den Beiden über einen netten Auftrag verhandeln.

„Asien ist unsere Zukunft! Du tust einfach, was sie wollen! Wir brauchen den Vertrag, koste es, was es wolle! Denk an deinen Job! Wenn alles klappt, gibt es eine Prämie." Die Ansage ist eindeutig. Margarethe fühlt sich unwohl in ihrer Haut. Sie ist entschlossen, es nicht zum „Äußersten" kommen zu lassen.

Margarethe ist das ganze Wochenende über unterwegs. Die Gäste sind wahnsinnig nett, lächeln ständig, selbst wenn sie über das dauernde Rot der Ampeln lautstark und unflätig schimpft. Sie fotografieren wie die Weltmeister. Nach dem mehrgängigen Abendessen im Hotel, die üppige Rechnung ging auf den Chef, bitten die Gäste, Margarethe zum Abschluss des Tages noch auf einen Champagner in ihre Suite.

„Aha!", denkt Margarethe, jetzt kommt ihr wirklicher Einsatz. Erst trinken sie mehrere Gläser Schampus, plaudern, gackern wie pubertierende Teenies. Margarethe ist schon ziemlich beschwipst.

„Der eine sieht ja ganz nett aus. So ein junger Kerl!", denkt sie. Er ist allerdings höchstens zehn Jahre jünger als Margarethe. Das Aussehen der Asiaten ist eher rätselhaft. Dauernd wird sie fotografiert. Ohne Umschweife erklären die Gäste plötzlich, was ihnen der Chef versprochen hat. Sie soll sich ausziehen, man möchte Nacktfotos, man will mehr. Einer kommt ihr nahe. Stets mit einem Lächeln im Gesicht, ganz bescheiden, zurückhaltend, mit Verbeugung, aber zielstrebig und keinen Widerspruch erwartend. Sie lässt alles geschehen. Drei Minuten später sitzt sie barbusig da. Der Fotoapparat des Anderen rattert wie ein Maschinengewehr. Sie spürt die Erwartungen der Asiaten wie den gierigen Blick einer Python im Angesicht eines Hasen. Margarethe ist schier gelähmt, sie wagt, kaum zu atmen. Sie fühlt eine Hand an der Wange, eine an ihrem Hals. Die gleiten unaufhaltsam tiefer. In dem Moment, als sie die Brüste berühren, setzt es eine gesalzene Ohrfeige. Die kam nicht aus ihrem Kopf, es war eine Entscheidung in ihrem Bauch, blitzschnell und unumkehrbar. Der Abdruck ihrer Finger leuchtet rot glühend. Der Getroffene verzieht keine Miene. Es herrscht eine Totenstille im Raum. Damit hatten die Gäste nicht gerechnet. Sie erstarren für Sekunden. Es ist ihnen furchtbar peinlich. Schämen sie sich? Kein Lächeln ist in ihren Gesichtern zu sehen - oder doch? Total erschrocken ziehen sie sich in den Nebenraum zurück, verbeugen sich höflichkeitstrunken mehrfach in der Tür. Als sie verschwunden sind, schließt sich die Tür langsam und fällt leise ins Schloss. Eilig zieht Margarethe im Rausgehen Bluse und Jacke über, rennt die Hoteltreppe hinunter, geht heim. Das war zu viel, nun reicht es, sie ist wütend und schwört:

„Dem zeige ich, wo der Gockel hängt!", und meint damit ihren Chef.

„Ich habe hier eine Rechnung, das Menü von Samstagabend", sagt Chef. Die Asiaten sind abgereist, bevor der Chef mit ihnen ein Wort sprechen konnte. Sie wartet ab. Sie hat Zeit, möchte Wilfried Semmelgrün noch ein wenig mit ihrer Antwort zappeln lassen. Sie kostet seine Hochmütigkeit aus, genießt die Vorfreude auf das, was kommt. Sie zieht die Rechnung langsam zu sich herüber, studiert sie eingehend, nickt, so als wolle sie sagen:

„Ja, das Menü schmeckte wirklich vorzüglich. Nur das Gemüse war nicht ganz genau auf den Punkt, war ein wenig zu lange im Kochwasser. Aber die Vinaigrette, die war einfach köstlich!" Der Chef wird unruhig, er erwartet einen Sieg, seinen Sieg, kann den Triumph kaum erwarten. Und diese Dame lässt ihn an der langen Angel zappeln. Ruhig, sehr langsam entgegnet Margarethe, nachdem sie tief einatmete:

„Ich zahle bar." Plötzlich hat sie ein Foto in der Hand und schiebt es über den Tisch, „Wenn es nicht reicht, es gibt noch mehr davon."

„Ich habe auch Bilder, ganz nette sogar." Er meint die Fotos, kurz bevor sie zu dieser Ohrfeige ausholte, offensichtlich von den Fotoapparaten der Gäste.

„Schick sie meinem Ex. Ich brauche sie nicht", gibt sie kühl zurück. Der Chef grübelt.

„Was hast du mit den Bildern vor?"

„Ich werde mal deine Frau fragen, ob sie Verwendung dafür hat." Der Chef ahnte es schon.

Wilfried Semmelgrün schlägt vor, die Bilder zu tauschen, Waffenstillstand zu schließen. Das wäre eine faire Lösung, meint er. Margarethe müsste ihm ihre Bilder geben und er löscht im Gegenzug seine. Margarethe lacht nur.

„Ich bräuchte eine Gehaltserhöhung!"

„Deinetwegen ist der Auftrag mit den Asiaten geplatzt, weil du übertrieben prüde bist, unsolidarisch mit deinem Arbeitgeber. Eine Assistentin, die immer teurer wird, kann ich mir nicht mehr leisten. Vielleicht sollte ich den Ordner aus meinem Tresor …"

„Du bist der Chef, du bist hier verantwortlich. Du sagst, was hier läuft. Kannst mich ja um Rat fragen. Aber entscheiden musst du."

„Was rätst du?"

„Vielleicht machst du wieder ein fiktives Geschäft mit den Luxemburgern? Ach nee, dein Schwager hat ja pleite gemacht. Sitzt der inzwischen?"

„Was weißt du?"

„Alles … Oder auch nichts, wenn die Gehaltserhöhung einigermaßen akzeptabel ausfällt und du deinen Kaffee künftig selbst kochst. Wir sind quitt! Na vielleicht bis auf ein paar Trinkgelder, die sollte ich dir ab und an schon wert sein."

Margarethe beginnt, wieder heimlich Gelder auf ihr Konto zu überweisen. Die Gier in ihr siegt. Sie fühlt sich sicher, kennt ja die Einzelheiten des Luxemburg-Deals. Sie gibt sich keine besondere Mühe, es vor dem Chef geheim zu halten. Als er eine Geldanweisung nicht unterzeichnet, stattdessen zerrissen zurückgibt, legt sie ihm eine neue, mit doppelten Betrag in die Unterschriftenmappe. Der Chef unterschreibt. Sie verstehen sich ohne Worte.

Wilfried Semmelgrün ist dienstlich unterwegs. Er möchte mit einem Kunden über ein stockendes Projekt verhandeln. Mehr sagt er nicht. Am Freitagabend ruft er plötzlich bei Margarethe an. Sie soll nachkommen, nach Österreich, mit der Bahn - wie umständlich. Er nennt ihr einen Zug, von dem er sie am Samstagmittag abholen wird. Es scheint wichtig zu sein, die Kalkulation des Projekts hat sich geändert, das müssen sie vor Ort bereden. Sie ist die Expertin, wenn es ums Geld geht, hat er gesagt. Sie findet, dass er da völlig recht hat.

Margarethe grübelt, ob das nicht die Gelegenheit wäre, die Probleme zu lösen, in ihrem Sinne und natürlich endgültig. Sie hat gedanklich längst alle Szenarien durchgespielt. Die nötigen Vorbereitungen getroffen, Hilfsmittel aus der Apotheke besorgt.

„Jetzt oder nie!"

Wilfried Semmelgrün erwartet sie pünktlich am Bahnhof. Doch er wartet vergebens, sie scheint nicht mit diesem Zug gekommen zu sein. Sie sitzt genau am Ende des Zuges, er wartet an der Rolltreppe in der Mitte des Bahnsteigs. Eilig steigt sie aus, hastet einen seitlichen Abgang hinunter. Sie sucht dringend ein ordentliches Klo im Bahnhof. Das Zugklo erinnerte eher an einen Dreckstall. Der Chef ruft sie mehrmals an, nur die Mailbox ihres Handys antwortet. Beinahe zufällig treffen sie sich dann in der Bahnhofshalle.

„Wo warst du? Ich warte schon eine Ewigkeit! Wieso gehst du nicht an dein Handy?"

„Ich war auf der Toilette und mein Handy liegt zu Hause - vergessen." Es war natürlich Absicht. Die

Ortungsdaten des Handys könnten ihre Spur offenbaren. Sie will sichergehen. Sie hat schon viele Krimis gelesen. Gemeinsam fahren sie ins Hotel. Abends sind sie zum Geschäftsessen mit den Kunden verabredet.

„Was soll ich hier?", fragt sich Margarethe, „Brauchen die Unterhaltung, wie die Zwei aus Asien?" Margarethe ist normalerweise die Pünktlichkeit in Person, doch diesmal verspätet sie sich bewusst. Der Chef ruft sie auf dem Handy an.

„Ach, das liegt ja bei ihr zu Hause herum", fällt ihm ein und er benutzt die hoteleigene Telefonanlage.

„Komme gleich!" Der Chef erklärt, die Kunden hätten abgesagt.

„Dann essen wir eben alleine! Morgen machen wir uns einen schönen Tag. Was hältst du von einer Wanderung in den Bergen? Da oben ist eine kleine Baude mit herrlichem Ausblick!", schwärmt er. Margarethe findet die Idee gut. Das passt in ihren Plan.

Am frühen Vormittag machen sie sich auf den Weg. Margarethe hat zwei Wasserflaschen in ihrer Tasche verstaut, eine davon ist präpariert. Sie wandern gemütlich, plaudern, genießen die angenehme Bergluft, bleiben öfter mal stehen und schauen in die Weite. Der Chef eröffnet ihr schließlich, dass er von ihren erneuten Veruntreuungen Kenntnis hat.

„Ich ziehe es von deinem Gehalt wieder ab."

„Mach nur!", entgegnet sie fast übermütig. Dann erzählt er, dass ihm die Polizei wegen „Luxemburg" Schwierigkeiten macht. Er müsste jetzt sparen, das Geld wird knapp. Sie erwähnt seine Privatentnahmen und dass es an Geld demzufolge nicht mangelt.

„Da irrst du gewaltig. Die Penunze ist weg. Entweder du wirst bescheiden oder …" Er lässt die Alternative bewusst offen.

Margarethes Geldquelle ist somit versiegt. Erpressungspotenzial hat „Luxemburg" auch nicht mehr. Es sei denn, sie will sich selbst ruinieren. Die Situation ist brisant. Es kommt weder ein Angebot noch eine Drohung von ihm. Margarethe wundert sich. Krampfhaft grübelt sie, wie sie das Problem - es ist ihr längst über den Kopf gewachsen - aus der Welt schaffen könne. Ja, sie hat einen Plan. In dem kommt „Aus der Welt schaffen!", auch vor. Sie zweifelt, ob das klappt, ob sie sich das überhaupt traut. Doch wenn die Polizei schon recherchiert, zwar nur wegen „Luxemburg", aber immerhin, dann ist der Weg zu ihren finanziellen Eskapaden nicht weit. Sie wird nicht ungeschoren herauskommen und spürt bereits die Gier vom Fiskus.

Margarethe hat eine Idee, eine ganz spontane. Sie resümiert, wer von ihrem Aufenthalt Kenntnis hat, wer sie gesehen haben könnte, wo ihre Spuren verborgen liegen. Im Hotel ist sie namentlich nicht bekannt, der Hoteldiener sprach sie mit „Gnädige Frau" an, dachte, sie wäre die Geliebte des Herrn, die inkognito anreiste. Das ist gut so.

Der Weg wird steil, windet sich an einem Tal entlang. Sie pausieren oberhalb eines Flusses und genießen die herrliche Aussicht. Margarethe atmet tief durch. Der Weg ist schmal, kaum ausgetreten. Auf der einen Seite geht es in die Höhe, an der anderen steil bergab. Ein Geländer gibt es nicht.

Margarethe bittet ihren Begleiter:

„Gib mir mal dein Handy, ich will meine Kinder anrufen, fragen, ob alles in Ordnung ist." Sie schaut sich um. Hier ist weit und breit niemand. Wilfried Semmelgrün steht neben ihr, lässig an einen Pfahl mit kaum lesbarem Wegweiser gelehnt, hat seinen Wanderrucksack abgelegt. Er blickt hinunter zum Fluss.

Während sie ihre eigene Handynummer wählt, den Anrufbeantworter hört, nichts sagt, stößt sie ihn mit einem unerwarteten Tritt den Berg hinab. Er steht gerade so passend, regelrecht einladend neben ihr.

„Jetzt genießt er den schönen Ausblick ein letztes Mal! Und er sieht, wo der Gockel baumelt." Er schreit kurz, nicht laut, es ist eher ein glucksender Ausruf der Überraschung. Dabei prallt er mehrmals vom felsigen Hang ab, landet mit dumpfem Klatschen im Fluss, hat sich sicher alle Knochen gebrochen. Regungslos treibt er im Wasser, zu einer komischen Figur verzerrt. Sie schaut ihm hinterher, sieht, wie er langsam forttreibt. In der Ferne erkennt sie ein Wehr, dahinter verzweigt sich der Wasserlauf in mehrere Nebenarme.

„Geschafft!", denkt sie zufrieden. Trotzdem pocht ihr Herz so heftig, wie es das noch nie tat. Sie braucht lange, um weiterlaufen zu können. Seinen Rucksack möchte sie hinterher werfen, nimmt ihn jedoch an sich. Endlich kehrt sie um, läuft den Weg zurück. Sie geht oberhalb des Flusses, quert diesen am Wehr, das mehr ein Wasserfall ist. Sie wirft die beiden Flaschen, die benötigte sie nicht, hinab. Sie hat kurzfristig umdisponiert. Wilfried Semmelgrün ist längst verschwunden.

Hastig packt Margarethe ihre Sachen. Sie darf nichts übersehen. Sie lässt den Schlüssel in der Tür stecken, verlässt Hotel durch den Seitenausgang. Von unterwegs ruft sie noch zweimal ihr eigenes Handy an. Sie kennt seine Geheimzahl. „1234" ist leicht zu merken und sie hat oft zugeschaut, wie er die tippte.

„Der war doch unfähig, auch nur eine Kleinigkeit zu behalten." Selbst die Pin-Nummer seiner Geldkarte trug er in der Geldbörse herum. Irgendwo wirft sie sein Handy aus dem Zug, nimmt sicherheitshalber die

SIM-Karte heraus. Die vergräbt sie später auf einem Bahnhofsvorplatz in einer Blumenrabatte. Sie fährt mit der Bahn heim, wählt eine Strecke mit großem Umweg und zahlt die Fahrkarte bar. Ihre EC-Karte ist sowieso gesperrt. Neulich hat sie den Pin dreimal falsch eingetippt. Diese blöde Nummer kann sie sich nicht merken.

„Wie der Chef!", gesteht sie sich ausgerechnet jetzt ein. Zum Glück gab der ihr kürzlich einen Bargeldbetrag, nachdem sie das Zauberwort „Luxemburg" erwähnt hatte. Sie lässt den Rucksack vom Chef im Zug liegen, entnimmt nur seine Geldbörse samt Ausweis und Führerschein.

Im Büro ist alles wie immer. Montags kommt der Chef sowieso später. Margarethe lässt sich nichts anmerken. Mittags wundern sie sich. Wo bleibt der Chef? Sie rufen seine Frau an. Die nimmt nicht ab, erst als sie auf dem Schreibtisch vom Chef ihre Handynummer finden, klappt die Verbindung.

„Was interessiert mich dieser Kerl?" Es stellt sich heraus, dass sie sich kürzlich getrennt haben. Selbst Carla Vogler will von ihm nichts mehr wissen.

„Wieso fragst du mich? Du hast mit dem doch immer gevögelt? Meinst du etwa, wir haben das nicht bemerkt?"

„Na na, ich musste das Sofa in seinem Büro mehrmals säubern, nachdem du zum Diktat bei ihm warst! Ihr hattet sichtbaren Spaß!"

„Neidisch?", entgegnet sie schnippisch. Freundinnen sind die Beiden wirklich nicht. Niemand aus seiner Familie vermisst Wilfried Semmelgrün. Hat er überhaupt eine Familie? Zu Hause scheint er auch nicht zu sein.

Margarethes Freundin Katharina erzählt ein paar Tage später, dass sie am Samstag shoppen war und dann im Café am Markt mit ihrem Mann ein leckeres Erdbeereis schleckte. Katharina hebt jede einzelne Quittung auf, trägt sie in ihrer Handtasche monatelang herum. Margarethe lässt sich unter dem Vorwand, die Telefonnummer des Cafés notieren zu wollen, den Kassenzettel zeigen und steckt ihn in einem unbeobachteten Moment ein.

Hat der Chef außerplanmäßig Urlaub? Das kommt öfter vor, doch er meldet sich spätestens nach zwei Tagen. Diesmal lässt er nichts von sich hören. Alle machen sich Sorgen, fast alle. Irgendwann, die Geschäfte gehen nicht ohne den Chef, erstatten sie eine Vermisstenanzeige. Die Polizei erkundigt sich, hat keinerlei Anhaltspunkte. Nur die Hotelbuchung findet man in seiner privaten Mailbox, allerdings hat er sich mit falschem Namen und fiktiver Adresse angemeldet. Er hatte vier Tage vorher zwei Zimmer gebucht.

„Hatte er meinen Besuch länger geplant?", wundert sich Margarethe. Auch die Polizei in Österreich weiß nichts. Das Hotel hat er bar bezahlt. Die Begleitung wäre eine Frau gewesen, die kam einen Tag später nach, deren Name kennt niemand, vielleicht seine Gattin oder heimliche Geliebte. In einem so großen Hotel kann man sich nicht an einzelne Gäste erinnern. Das Zimmer der Begleitung war ordentlich geräumt. Nur in dem vom Chef stand noch ein Koffer. Man hat die Polizei informiert, der Form halber. Die interessierte das nicht. Die tatsächliche Anschrift des Mannes ließ sich nicht feststellen. Er hat ja alles bar bezahlt, die Hotelzimmer, das Abendessen, die Reinigung des Anzugs. Nach drei Monaten wird man die Sachen entsorgen. Auch seine Ex weiß nichts, die hat sogar ein Alibi, war zu einer Kur an der Ostsee. Ihr ist das egal, bis auf die monatlichen Überweisungen. Ein Anwalt kommt und führt die Geschäfte provisorisch, eher pro forma, weiter. Genaugenommen unternimmt der nichts, unterschreibt ein paar Rechnungen, vor allem die eigenen Auslagen und Honorare. Schließlich macht er die Firma zu. Wenigstens gibt es das restliche Gehalt und eine kleine Abfindung. Zum Glück findet Margarethe schnell einen neuen Job.

Margarethes Aufregung in den ersten Tagen nach der Österreichreise legt sich rasch. Sie ist sicher, den vollendeten Mord begangen zu haben. Spuren hat sie nicht hinterlassen. Es hat alles so gut gepasst. Die Anrufe auf ihrem vergessenen Handy, nur Barzahlungen, keine Anmeldung im Hotel, die Bahnfahrt, der Kassenbon aus dem Café - alles perfekt. Die Daten der Überwachungskameras auf den Bahnhöfen sind längst gelöscht, ebenso die vom Hotel.

Ein knappes dreiviertel Jahr später wird Margarethe von der Polizei erneut befragt. Eine Leiche wurde gefunden, der Chef. Das Frühjahrshochwasser hat sie, hat ihn angespült. Die Obduktion der österreichischen Kollegen hat ergeben, er wäre abgestürzt, in einen Fluss, war schon bewusstlos, als er ins Wasser fiel.

Die Identifikation wäre schwer gewesen. Man vermutete erst, einen lange vermissten lokalen Politiker, gefunden zu haben. Anhand eines aufgeweichten Kassenbons, den man in der Jackentasche fand, hat man ihn identifizieren können. Zum Glück hatte der Käufer mit der Karte bezahlt. Im kriminaltechnischen Instituts ist es gelungen, auf dem Druckstreifen die Terminal-ID und Transaktionsnummer lesbar zu machen. Die Spur führte über einen deutschen Discounter zu

Margarethes Chef. Sie fragen, ob sie etwas mit dem Verschwinden zu tun hat. Wo sie am fraglichen Tag war. Sie weiß nichts, hat ein wasserdichtes Alibi.

Margarethe erfährt, dass der Chef einen Abschiedsbrief hinterlassen hat. Sie bekommt einen Schreck. Damit hatte sie nicht gerechnet.

„Kannte er meine Absichten?" Das konnte er natürlich nicht. Allerdings kündigte er selbst den Mord an Margarethe an. Er beabsichtigte, ihr mit einem Selbstmord in den Tod zu folgen. Er wollte sie vom Felsen stürzen, nur wenige Meter hinter der Stelle, an der er unplanmäßig abstürzte. Margarethes Leben hing am seidenen Faden. Hätte sie fünf Minuten gezögert, wäre sie tot. Ihr Schock ist nicht gespielt.

In seinem Gartenhaus, gut versteckt, fand man die gesamte Erpressungsgeschichte.

„Ich war zu Hause, fragen sie die Nachbarn. Die Kinder besuchten die Großmutter. Ja, der Chef hat mich angerufen, da waren Meldungen auf dem Anrufbeantworter, sind bestimmt noch drauf. Ich war unterwegs in der Stadt, shoppen. Und im Café am Markt. Prüfen sie das", sagt sie immer wieder. Sie findet, rein zufällig, den Bon dieses Cafés in ihrer Handtasche.

„Ja, ich wurde von ihm erpresst. Ich wusste von seinen krummen Dingern. Deswegen hat er mir Geld gegeben und nichts gesagt, wenn ich mal einen Betrag auf mein Konto überwies." Sie leugnet natürlich, in Österreich gewesen zu sein.

„Dann wäre ich jetzt tot. Und hätte ich ihn umgebracht, wäre meine Geldquelle versiegt. So dumm bin ich doch nicht." Das Alibi ist dicht, glaubt sie. Zumindest findet man keine Widersprüche, nichts, was Margarethes Wahrheit widerlegt. Ob die etwas ahnen?

Sie weiß es nicht. Sie kann wieder heimgehen. Sie spürt tief in ihrem Innern, wie das Eis dünn wird. Nächtelang grübelt sie, ob sie irgendetwas übersehen haben könnte. Nach zwei Wochen hat sie sich beruhigt und glaubt, der Fall wäre nun für sie erledigt.

Wenige Tage später wird sie verhaftet: Mordvorwurf. Der Kriminalkommissar ist knallhart und nennt sie „Mörderin". Damit hatte Margarethe nicht gerechnet. Jetzt sieht sie, wo der Gockel hängt. Noch glaubt sie, er will sie provozieren, zu einer neuen Aussage zwingen. Doch dann weiß der Kommissar sogar, welchen Wein sie am Vorabend des Mordes im Hotelrestaurant getrunken hatten. Leugnen hilft wohl nicht. Der Kommissar interessiert sich nicht für Margarethes Ausflüchte. Er nennt neue Fakten, bis Margarethe endlich zusammenbricht. Dieses Spiel ist kurz, sie stürzt fast so schnell ab, wie Wilfried Semmelgrün.

Als der Hotelchef hörte, dass es Mord sein könne, hat er nochmals recherchiert, welche Tische an dem fraglichen Abend bestellt waren. Und der Nachbartisch war von einem entfernten Bekannten für eine Familienfeier gebucht. Den hat er angesprochen und ist mit ihm in der Manier eines Sherlock Holmes die Fotos der Feier durchgegangen. Auf mehreren erkannten sie Gäste des Nebentischs, deutlich sieht man eine Frau. Margarethe und der Chef saßen in Eintracht nebeneinander, sein Arm über ihrer Schulter, keine zwölf Stunden vor dessen plötzlichen Hinscheiden. Der Hotelchef hat die deutsche Polizei kontaktiert.

Gibt es den perfekten Mord?

Weitere Geschichten

„Mittendrin und Drumherum"

gibt es in den ersten drei Bänden dieser Reihe zu lesen: Zu erhalten als print-Ausgabe oder eBook in den gängigen Internetportalen und allen Buchläden.

Band 1: Lieblich bis Zartbitter
Liebe ist das Salz im Leben. Ohne Liebe schmeckt es fad.
Es beginnt mit einer Liebeserklärung an ein Flittchen. Wer schreibt noch Liebesbriefe – heute und in hundert Jahren? Wie lernt man sich kennen? Über Flirtportale und gibt noch Blind Dates? In einer Frankfurter Liebesgeschichte läuft der Protagonist liebeskummerbeladen quer durch Frankfurt.

Band 2: Zwischen Alltagswahn und Fankurve
Es sind Texte aus dem Alltag, Geschichten, wie wir sie erleben ohne uns Gedanken zu machen. Die Situationen sind skurril und gewöhnlich. Jeder Moment bringt Besonderes. Worte sind wie Pinsel und Farbe. Es entstehen bunte Bilder des Lebens. Mit Fantasie, Humor, Ironie und ein wenig Sarkasmus wird unsere Welt im Büro, zu Hause, unterwegs, ... abgebildet.

Band 3: Der Weihnachtsmarkt-Kleptomane
Weihnachten ist immer und überall. Diese Geschichten begleiten die kleinen und großen Leserinnen und Leser durch das ganze Jahr. Geschichten aus dem Leben, ein Weihnachtskrimi und eine Weihnachtsmann-Liebesgeschichte.

Nachtrag

Sie möchten mehr vom Autor und Blogger Rainer Franke lesen? Dann schauen Sie im Internet vorbei:

www.twilightfoto.wordpress.com
www.facebook.com/AutorRainerFranke/

Besuchen Sie diese Webseite doch immer mal wieder! Es lohnt sich bestimmt. Dort gibt es wöchentlich neue Kurzgeschichten und schöne Fotos zu entdecken. Und: Sie verpassen keine Neuigkeiten.

Wenn Ihnen die Geschichten in diesem Band gefallen haben, können Sie es dort kundtun. Falls nicht, lassen Sie ihrer Kritik freien Lauf. Der Autor freut sich über jede ehrliche Meinung.

* * *

Sie suchen ein außergewöhnliches Geschenk für Ihre Lieben? Ich habe da eine Idee:

Gerne lese ich meine Texte vor - im Park, am Ufer, im Café, Garten oder Wohnzimmer. Und vielleicht auch bei Ihnen? Was ich dazu brauche? Nicht viel: Meine Texte sowie meine Lieblingsmusik, damit die Lesung nicht zu trocken wird. Außerdem einen Stuhl, ein Glas Wasser, Lutschbonbons für die Stimme und nette Zuhörer. Zu teuer! Nee, wirklich nicht - versprochen. Auf meiner Homepage finden Sie die Kontaktdaten.